くもをさがす

西加奈子

河出書房新社

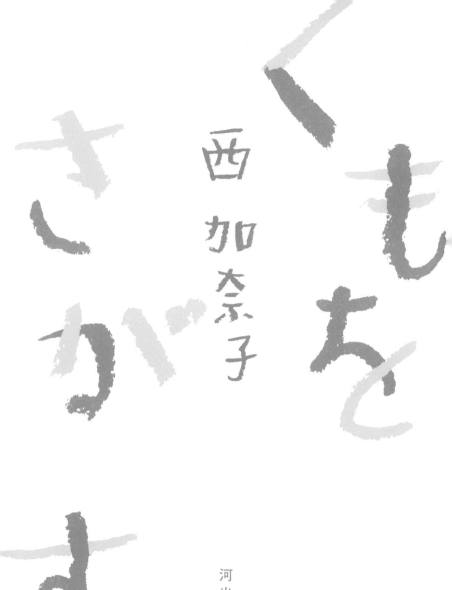

くもをさがす　目次

装画　西加奈子
ブックデザイン　鈴木成一デザイン室

くもをさがす

1　蜘蛛と何か／誰か

蜘蛛《くも》の多い家だった。

木造の、古い家だ。一軒家を二つに割って隣家と共有するduplex（デュプレックス）は、こちらではよくある構造で、でも、我が家は変わっていた。5階建てなのだった。ベースメントと呼ばれる半地下（これも、カナダではよくある）に一つ目のベッドルームと洗面所とシャワールーム（私たちはここを潰して物置として使っていた）があって、2階部分がリビング、3階がダイニングキッチン、4階がもう一つのベッドルームで、5階がバスルーム、つまり1階に1部屋ずつ、という構成だった。

引越し業者や修理業者、友人、あらゆるカナダ人がやって来たが、皆「こんな家は初めて」だと驚いていた。半地下に洗濯機と乾燥機があるので、5階の風呂で出た洗濯物をわざわざ地下まで持ってゆき、乾燥したらまた最上階まで持ってゆかなければならない。随分と、足腰が鍛《きた》えられる家だった。

そして、蜘蛛だ。ダイニングに、半地下に、ベッドルームに、あらゆる場所に蜘蛛の巣があった。なるべく掃除はしていた。でも、あまりに美しい形状だから、掃除せずに残しておいた蜘蛛の巣もあった。そもそも蜘蛛はみだりに殺してはいけないと、小さな頃から祖母に言われていた。彼女は、蜘蛛が弘法大師《こうぼうだいし》の使いだと信じていた。

蜘蛛はあるものは大きく、あるものは小さかった。そして、あるものは黒く、あるものは透明だった。猫のエキが蜘蛛を殺さなかったのは、彼が根っからの怖がりだからだが、それにしてもたくさんいた。

ある日、私の左足の膝《ひざ》と、右足のふくらはぎに、ぎょっとするほど大量の赤い斑点《はんてん》を発見した。そしてそれらは、見つけた瞬間から、耐え難いほどの痒《かゆ》みを私にもたらした。前日に友人たちと公園に行き、芝生の上に座ったので、ノミか何かに刺されたのかと思った。友人たちに患部の写真を送って聞いてみると、彼女達は何もないらしい。一人が言った。

『それ、もしかしたらベッドバグじゃない？』

思わず、唸《うな》り声《ごえ》が出た。ベッドバグとは、いわゆる南京虫《なんきんむし》だ。それが家に現れたら、大ごとになる。シーツはもちろん、ベッドマットから、ソファから、衣類からカーテンから、とにかく布製のものは全て専門のクリーニングに出さなければいけない。蒼白《そうはく》になった私は、重い腰を上げて、クリニックに連絡したのだった。

カナダの医療制度は、日本と異なる。日本のように、皮膚科や婦人科などの専門医に直接行けるシステムは、カナダにはない。それぞれにファミリードクターと言われる総合医がいて、まずはそこに連絡を取る。そこでドクターに症状を診《み》てもらい、然《しか》るべき専門医への紹介状を書いてもらって、やっと予約を取ることが出来るのだ。

ファミリードクターがいない私のような人は、誰でも受け入れているウォークインクリニックに行く。そこで診察を受け、やはり紹介状を書いてもらって、専門医に予約を取る。

このシステムでは、例えば、明らかな中耳炎のときなども、耳鼻科に直接行くことが出来ない。緊急を要する場合は、救急に頼ることになる。緊急でなくても、専門医との予約が随分先になって、流石《さすが》に待てない、という人も救急に行く。結果、救急がとても混む。症状によっては8時間、9時間待ちが当たり前という状況だ。

カナダ人は、自国の医療システムに誇りを持っている。特にブリティッシュ・コロンビア州では、MSPと呼ばれる健康保険に入っていれば、医療が全て無料で受けられ、それは私のような外国人や留学生にも適用される。皆の命は平等で、だから救急では、症状の深刻度だけを考慮される。保険のある無しで命に差が出る隣国とは違うと、たくさんの人が言う。

腰が重かった、と書いた。本当は、足を刺される前に、クリニックには行かなければと思っていたのだ。右の胸に、しこりを見つけていた。シャワーを浴びているときに気づいた。触ると、そこだけコリコリと硬かった。

その頃、バンクーバーは新型コロナの感染者数が最悪の状況だった。ウォークインクリニックに電話しても、コロナにまつわる早口のガイダンスが流れて心が折れたり、そもそも予約が取れたとしても対面での診療が出来ないクリニックが多かったりした（私の英語力では、電話での診察は自信がなかった）。だから、どうしても腰を上げる気になれなかったのだ。

インターネットで、「胸　しこり」と検索した。なるべく楽観的な情報が書かれていそうなサイトを選んで、どうやら乳腺炎《にゅうせんえん》ではないかという結論に至った。私のしこりは痛くなかったし、よく動いた。「よく動くしこりは良性の可能性が高い」という情報に、勝手に賭けた。秋には一時帰国をするつもりだったので、そのときに人間ドックに行こうと思った。ウォークインクリニックには、だから連絡をしてこなかったのだ。

でも、南京虫だ。これは大ごとである。重い腰を上げて、クリニックに電話をした。受話器に耳を押し当てて音声ガイダンスを聞き取り、やっと受付の女性まで漕《こ》ぎ着《つ》けたが、やはり、すぐに対面の予約は取れなかった。とりあえずテレメディシンと呼ばれる、電話での診療になった。口頭で伝える自信がなかったので、あらかじめ、患部の写真をメールで送っておいた。

電話をくれたのは、女性医師だった。

「写真見たけどな、あれは虫刺されとちゃう、帯状疱疹《たいじょうほうしん》や。」

彼女はそう言った。帯状疱疹は、疲れて免疫が落ちた時になると聞いていた。疲れている自覚が全くなかったので、驚いた。

「南京虫ではないんですか？　痒いんですけど？」

「ちゃうちゃう、帯状疱疹や！　薬だけ取りに来て！」

とりあえず処方された薬を、クリニック併設の薬局に受け取りに行き、2日ほど飲んだ。すると、対面でのフォローアップの診察予約が取れた。行ってみると、電話をかけてきたのとは別の女性医師が私を診察した。彼女は、私の足を見るなり言った。

「ちゃう、帯状疱疹とちゃう！」

なんやねん、と思った。すでに帯状疱疹の薬を飲んでいるのに、どうしてくれるのか。

「その薬はほかして！　帯状疱疹とちゃうから！」

「じゃあ、やっぱり南京虫なんですか？」

帯状疱疹より、南京虫の方が怖かった。夫や子供も嚙《か》まれていたらどうしよう。一緒に寝ているエキは？　ぐるぐると考えている私に、彼女は言った。

「南京虫でもない。」

「じゃあ、何なんですか？」

「多分、蜘蛛か何か。」

蜘蛛？

蜘蛛って嚙むの？

私の脳裏に浮かんだのは、家にいた蜘蛛たちだった。黒いの、白いの、透明なの、大きいの、小さいの。あの蜘蛛たちが、私を嚙んだ？

「虫刺されの薬出しとくから、それ塗って。なんか質問ないな？」

医師は忙しそうだった。明らかに、さっさと診療を終えたがっていた。でも、私は立ち上がった彼女を制して言った。

「あの、気になることがあるんです。虫刺されと関係ないんやけど。」

「何⁉　時間ないねん、1分だけやで‼」

「胸にしこりがあるんです。」

彼女の表情が、わずかに変わった。

「脱いで。上半身全部。」

慌てて服を脱いだ。医師は、私の乳房を真正面からじっくり見た。それから、私をベッドに横たえ、指で胸をゴリゴリと触った。彼女は診察に、結局1分以上かけた。

「ああ、あるな。1センチのしこり。よく動くし、見つけにくかったやろ？」

よく動く、1センチ、という言葉が耳に残った。

「紹介状書くから、超音波検査に行って。」

それが、2021年、5月の終わりのことだった。


超音波検査は、3週間後になった。

指定されたメディカルビルディングに行き、順番を待った。待合室には女性だけではなく、男性もたくさんいた。当たり前のことなのに、何故《なぜ》か少しハッとした。

超音波検査用のゼリーはひんやりと冷たく、部屋は暗かった。モニターの灯《あか》りだけがぼんやりと私たちを照らしていて、とても寂しい気持ちになった。先生が、

「今日たまたまマンモグラフィも空いてるからやってく？　あんたラッキーやで。」

と言った。つまり本来なら、マンモはマンモで予約が必要、ということなのだろう。マンモグラフィの部屋も、暗かった。私の小さな胸が、機械でぎゅーっと押しつぶされた。これが嫌でマンモを敬遠してしまう人がいると聞いた。私もそうだった。過去、一度だけマンモをやったことがあったが、胸があんまり小さいから、機械で挟めず、係りの人がとても苦労していた。痛くて、惨めで、だからもうやらないと決めていたのだ。

結果、超音波検査でも、マンモグラフィでも、はっきりしたことは分からなかった。1ヶ月半後に、針生検《はりせいけん》をすることになった。

その頃の私は、それでもまだ楽観的でいられた。特に乳がんに関しては、何の根拠もなく、自分は大丈夫だと思っていた。なるとしたら、卵巣か子宮系の病気だろう、と。だから生理にはすごく注意を払っていたし、身体を粘膜から温めるため、婦人科系に良いと言われるよもぎ蒸しにも定期的に通っていた(バンクーバーでも、友人のヨウコが、自宅で本格的なよもぎ蒸しをやっていたので、ありがたく通わせてもらっていたのだ)。

胸が小さいから? それとも、授乳中よく乳腺が詰まったから? つまり、乳房のトラブルは大抵乳腺に関することだろうと? どうして自分は、乳がんをあんなに他人事《ひとごと》と思えていられたのだろう。本当によく聞く、ベタな言葉を、私も繰り返していた。

「まさか私が。」

初めて楽観的なことを言われたのは、針生検でだった。

超音波検査の時と同じ、あの暗い部屋だった。麻酔の注射をして、ホッチキスのような音が出る針を胸に刺した。バチン！　バチン！　女性技師が、モニターを見ながら言った。

「ああこれ、多分大丈夫やで。」

力が抜けた。体の中の昏《くら》い塊《かたまり》が、すうっと溶けてゆくような気がした。そうやんな、と思った。そうやんな、大丈夫やんな。

暗い部屋から出ると、バンクーバーは美しく晴れていた。私の家は街の西側にある。西日が強かったので、サングラスをかけた。途中でガソリンを入れ、パン屋に寄ってベーグルを買った。家の近くの赤信号で止まっている時、ふと思った。じゃあ。

じゃあ、何故。

大丈夫なら、何事もないなら、私は何故、蜘蛛に噛まれたのだろう。

蜘蛛はどうして、私をあんなにも噛んだのだろう。

蜘蛛のことは、祖母だと思っていた。

ウォークインクリニックに行った日の数日後、母から電話がかかってきた。母の夢に、祖母が現れたのだそうだ。

祖母の名は、サツキという。

小さな体をして、とても働き者だった。祖父は働いていたが、4人の子供を育てるのには厳しく、祖母は時々、夏は氷屋を、冬はうどん屋とお好み焼き屋をやっていた。私が覚えているのは、家に来る時、いつもおまけ付きのグリコのキャラメルを持ってきてくれる、朗らかな祖母の姿だった。

彼女はとても人懐っこく、物怖《ものお》じしなかった。商店街で当たった旅行に、タオルを持って一人でさっと出かけ、そこでたくさんの友達を作って帰ってくるような人だった。一度、家の前で長く女性と話し込んでいる祖母を見つけた。あんまり熱心に話しているので、てっきり古い友人だと思っていたら、「そこのバス停で会《お》うた人、ちょっと今から家遊びに行ってくる」と言った。

母が私をテヘランで産んだとき、彼女は海を越えてやって来た。祖母にとっての最初の、そして最後の海外がその3ヶ月のイラン滞在だった。新生児の私のおむつを替え、3歳上の兄の面倒を見て、母の睡眠時間を確保した。ペルシャ語など全く話せない彼女だったが、メイドのバツールともすっかり仲良くなった。バツールが風邪を引いた時は、持参した改源《カイゲン》をあげて治し、後々まで感謝されたという。

大活躍の祖母だったが、帰国後、長男（母の兄）に地球儀でイランの場所を教えられ、

「え、うち、インド越えて行ったんか？」

そう驚いて倒れたそうだ。弘法大師贔屓《びいき》だった祖母にとって、海外の最高峰といえば「天竺《てんじく》」、つまりインドなのだった。イランがどこにあるかも分からない状態で、生まれて初めて国際線に乗って、（知らぬまに天竺を越えて）自分を助けに来た祖母は、母にとって、もちろん特別な存在だった。

「おばあちゃんが帰るとき、泣けて泣けて仕方なかったよ。」

母は4人兄弟の末っ子で、唯一の女だった。娘の子供には気を遣わないのか、私と兄は、よく祖母に叱られた。祖母と二人で出かけると、電車で座る席がない祖母が、床に新聞紙を敷いて座ってしまうのが恥ずかしかった。それでも私は彼女が大好きで、特に彼女の手芸の技術は尊敬していた。彼女は母の着物を縫い、私にたくさんのお手玉や編みぐるみを作ってくれた。どれだけぐちゃぐちゃになった糸も、祖母の手にかかれば、絶対に綺麗《きれい》にほどけた。魔法みたいだった。

ある日、テニスの素振りをする兄をじっと見ていた祖母に、彼が、

「おばあちゃん、このラケットめっちゃ軽いねん。」

と言った。「持ってみたい」と言った祖母に渡すと、彼女は重さで、ラケットを落としそうになった。それでも、

「軽い！　これは軽い！」

そう言い張った。祖母の周りでは、笑いが絶えなかった。

彼女は、私が12歳の時に胃がんで亡くなった。最期の言葉は、「みんな仲良うしてな」だった。亡くなってからも、私たちの会話に度々登場し、いつだって強く存在してきた。その祖母が、蜘蛛になった。

「お母さん。夢の中で、おばあちゃん笑ってた？」

「ううん。笑ってなかったよ。」

蜘蛛になって、私を噛んだのだ。

「なんでそんなこと聞くん？」

宣告は、電話でされた。

クリニックの医師から電話があった時、私は整体をしてもらっているところだった。キックボクシングと柔術で、体がボロボロだったのだ。

柔術は、1年前から続けていた。コロナが蔓延《まんえん》して、半年ほど休まざるを得なかったので、久しぶりに復活したところだった。それから、キックボクシングも始めた。それぞれ週3、計6回ジムに通い、それ以外にも柔術は、パーソナルトレーニングもつけてもらった。

私は特に、柔術に夢中だった。先生のベルナルドと1時間のスパーリングをやっていると、指の皮がむけて血が出た。首を締められ、体重をかけられ、足をすくわれている時、私はこの瞬間どうするか以外、何も考えていなかった。やることはたくさんあり、とても複雑なのに、それに対峙《たいじ》する自分の気持ちは、この上なくシンプルだった。私はそれに魅せられた。

どれだけ通っても、私はずっと弱いままだった。いつもこてんぱんにやられた（私よりうんと後から入ってきた人たちにもだ）。自分がどうして、こんなに向いていないことを続けているのか、訳が分からなかった。でも、とにかく強くなるために、私はご飯をたくさん食べ、家で筋トレをして、休日はランニングをした。あとから夫が、あの頃の鍛え方は尋常じゃなかったと言っていた。私の体がどこかで、今後治療をすることを予見していたのではないか、そのために備えていたのではないか、と。そういえば私は、5月の自分の誕生日から、酒をピタリと止《や》めていた。何か決意した訳ではないし、もちろん自分の体のことを知っていた訳でもない。

でも、誕生日にワインを飲んで、その翌日から、なんだかもう、いらなくなったのだった。

私は酒が好きだった。大好きだった。特にカナダに来てからは、ブリティッシュ・コロンビア州産のワインが美味しいものだから、毎日ガブガブ飲んでいた（NARRATIVEという赤ワインが、特にお気に入りだった）。コロナ禍になってからは、ウォッカやジンにも手を出すようになった。夕ご飯を作りながら、ウォッカのレモンソーダ割りやジントニックを飲むのが日課だった。本当に、酒のない日常なんて考えられなかった。それなのに、突然、パタリと欲求が止んだ。とにかく私はその時、私史上最強に健康で、最高にクリーンな体をしていた、はずだった。

整体師の先生に断って、電話に出た。前回の女性医師とは、また違う男性医師からだった。ウィル、と名乗った。彼は優しい声で、針生検の結果が出ました、と言った。

「あなたの病名はInvasive ductal carcinomaです。」

カルチノーマ、という言葉が、何を表すものなのか、分からなかった。だから、こう聞いた。

「それはがんですか?」

彼は、

「そうです。」

と言った。

「私から教えられるのはここまでです。来週の月曜日か火曜日に、がんセンターから電話があります。もし、かかってこなければ、クリニックの私のところに、電話をしてください。」

8月17日　今日から日記をつけようと思う。
日記は久しぶりだから、何を書いていいのか分からない。今日、乳がんと宣告された。自分がこんなことを書かなければいけないなんて、思いもしなかった。乳がん。でも、それ以外は分からない。ステージはどれくらいなのか。私は生きられるのか。タリバンが、アフガニスタンを制圧した。流れてくるニュースは、絶望的なものばかりだ。アフガニスタンの女性のために祈ります。

月曜日、がんセンターから、電話はかかってこなかった。それで、火曜日の朝に待ちきれず、クリニックに電話をした。

受付の女性は、ウィル医師に繋《つな》いでくれなかった。

「がんセンターからの連絡を待っているのだけど、かかってこなかったらウィル先生に電話して、と彼に言われたんです。」

そう訴えても、もうがんセンターにはＦＡＸを送ってるから、とにかく待て、と切られる。

ジリジリして待っていたが、結局、その日もかかってこなかった。水曜日の朝に、もう一度クリニックに電話をした。同じ受付の女性が出た。

「昨日も言うたけど、私らもうＦＡＸ送ってんねんやん。あんたに言われて2回も送ったんやで？　がんセンターの人も忙しいんやろから待ってって言うてるやん。それ以上私らにできることなんてないし！」

彼女は、イライラしていた。というより、明らかにキレていた。えっと、うち、がんって言われたんやんな？　そう思った。がんと宣告され、何も分からなくて不安な、英語がおぼつかない人間に、こんなに怒るって、どういう状態だろう。

バンクーバーは、多様性の街と言われる。たくさんの国から、たくさんの移民が訪れ、あらゆる種類の訛《なま》りのある英語を聞く。ニューヨークがメルティングポットなら、バンクーバーはモザイクだと、英語の先生のマイクが教えてくれた。それぞれの文化を放棄して「溶けこむ」必要はなく、皆が持ち寄った文化を保存し、尊重し、「そのまま」でいられる街なのだと。

街で会う人は、皆優しい。私のおぼつかない英語も、なんとか理解してくれようとするし、「英語が苦手でごめん」と言うと、「私こそ、日本語が出来なくてごめん」、そう謝ってくれる。

だから、受付の女性の態度は驚きだった。こんなにイライラしているバンクーバー人に、初めて接した。隙《すき》あらば電話を切ろうとする彼女から、なんとか、がんセンターの連絡先を聞き出した。今度は、そこにかけてみた。早口の音声ガイダンスが流れ、よく分からないままにボタンを押すと、受付らしき男性に繋がった。彼は丁寧だったが、事情を話しても、

「あなたは、がんセンターの患者ですか？」

そう聞いてくるだけだった。

「患者になるはずで、その連絡を待っているのですが来ていないんです。」

「あなたの担当医は誰ですか？」

「知りません、それをあなたたちが教えてくれるのではないのですか？　その連絡を待ってるんです。」

それからあちこちをたらい回しにされ、結局、最終的に全然聞き取れない音声ガイダンスが流れて、電話が切れた。がんを宣告されてから、最初に泣いたのがこの日だ。泣きながら、日本に帰りたい、と思った。日本でだったら、こんな思いは絶対にしないのに、と。

でも、今度は日本の感染者数が、最悪の状況になっていた。ほとんどの大学病院が感染症指定医療機関になっていて、がんの手術や抗がん剤輸入の遅延もあり、新規患者もなかなか受付がないという。進行の早いがんだった場合、スピードが勝負だ。今から日本に帰国して、2週間の隔離をして、それから病院に行き、紹介状を書いてもらって……と考えると、現実的ではなかった。

私には、アマンダという、こちらで麻酔医師をしている友人がいる。彼女は7歳の時に、両親と共に台湾からカナダにやってきた。それからあらゆる国を転々とし、ドイツで医療を学んだ。サッカーとピアノが得意で、スキーもスノーボードもマウンテンバイクもカイトサーフィンも華麗にこなす、最高にクールな女性だ。それだけが要因ではないが、とにかく頼りになる人だったし、何より医療関係者だったので、彼女に相談に乗ってもらった。

Farmer's Apprentice（ファーマーズ・アプレンティス）という大好きなレストランで、

彼女と夕飯を食べた。私はノンアルコールのカクテルを飲み、彼女はワインを飲んだ。

アマンダに、これまでの経緯を聞いてもらった。彼女曰《いわ》く、バンクーバーのがん治療はとても優れていて、システムに入るまでは大変でも、一度システムに入ってしまえば治療は驚くほどスムーズに進むという。何より誇れるのは、コロナ禍でも、他州や他国のように、がん手術の遅延がほとんどなかった、ということだった。それを聞いて、心は決まった。

私の右胸のしこりは、触って分かるほど大きくなっていた。そして時々、チクチクと痛むようになっていた。


それが、死というものの難しさなのだろう。具体性を持つまでは痛みを感じない。漠然としている限り、死は、背後で聞こえるざわめきにすぎないのだ。

――ブリット・ベネット『ひとりの双子』

友人のノリコには、がんの告知をされたときから、すべてを伝えていた。

彼女はパニックになる私を、まず落ち着かせてくれた。

「カナダ人は適当なところがあるけど、大切なことは絶対に連絡してくるから。」

彼女が私と一緒に、もう一度クリニックとがんセンターに電話をしてくれることになった。

ノリコの6歳の子供のソラと、私の4歳の子供のSは、同じ柔術教室（私も通っている道場だ）に通っている。二人がクラスを受けている間、Grounds For Coffee（グラウンズ・フォー・コーヒー）というカフェで、マイクをオンにして、電話をかけた。その日も、クリニックの受付はイライラしていた。ノリコが「とにかく診断書のコピーをメールで送ってくれ」、そう伝えると、分かったと言って、やはりすぐに切ろうとする。

「待って、あなたカナコのメールアドレス知ってる？」

「あー、知ってる知ってる！」

「念のため確認させて、メールアドレスを読み上げてくれる⁇」

ノリコはとにかく、ゆっくり喋《しゃべ》った。犬に言い聞かせるようだった。

「切らないで、切らないでね〜。」

それでも、クリニックの受付は、メールアドレスの確認の途中で電話を切った。ガチャ切り、というやつだった。

「やっぱいいね、このクリニック。」

ノリコがそう言ったが、診断書はすぐに届いた。そこには、ウィル医師が言った通り、Invasive ductal carcinoma、浸潤性乳管《しんじゅんせいにゅうかん》がんと書いてあった。すぐにインターネットで調べると、ノーマルながんらしかったが、それ以上に有益な情報は書いていなかった。ウィル医師も、病名以外、本当に何も分からないのだろう。医療がとことんまで細分化されているのだ（しかも、クリニックに行くたびに医師が変わるのであれば、尚更《なおさら》だ）。

ノリコは、がんセンターにも電話をかけてくれた。すぐに、しかるべき部署に繋がった（やはり、私の英語力が悪かったのだ）。彼ら曰く、ＦＡＸは間違いなく届いている。ただ、まだ担当医が決まっていないので、決定したら電話をするから待ってくれ、とのことだった。

いやほな、月曜日か火曜日にかけてくるって言うてたのはなんやったん。そう思った。

「大体予定から2、3日は遅れると考えておいた方がいいね。悪い時は1、2週間。」

ノリコが言った。彼女のおかげで、ずいぶん救われた。その日だけではない。ノリコには、あらゆることで救ってもらうことになる。

彼女は、カナダ在住16年だ。

東京で働いていた時、出来たばかりのスターバックスでカナダ人のデヴィッドと出会った。彼と結婚した後、ベルギー、トロントを経て、バンクーバーにやって来た。友人のマキの紹介で初めて会ったとき、私は彼女を一目で好きになった。ユーモアがあって、真摯《しんし》で、人を助けることを当然と考えていて、でも、決して湿った接し方をしない。

デヴィッドは、ノバスコシア州の出身だ。ベジタリアンのヨギーで、私たちには日本語で話し、「俺は文系寄りの理系なんだよね」なんて言ったりする。オノマトペが好きで、漢字もスラスラ読む。常に誰かのために何かに奔走しているのは、ノリコと同じだ。

子供の年が近いこともあって、彼らと毎週末遊んだり、頻繁《ひんぱん》に旅行したりしているうちに、いつしか拡大家族のようになった。

ノリコはノリコで、医療関係では、相当ひどい目に遭っている。

トロントにいた時、膀胱炎《ぼうこうえん》になってクリニックに電話をした。予約はなんと9ヶ月先で、絶望した彼女は漢方医を必死に探し、結果自力で治した。別の日には、全身に耐え難い痒みを覚えた。やっとのことで予約を取り付けたクリニックに行ったのに、「本当に予約があるのか？」と受付で何度も確認された。結果、クリニックを追い出されそうになった（！）ノリコは、友人の医師に電話をして、彼女に「私は医者だ。この人をすぐに診察しなさい」、そう電話口で一喝してもらった。すると受付の態度がころりと変わり、すぐに診てもらえることになった（診断の結果、「風呂に入れ」とだけ言われたそうだが）。また、流産による腹痛のために行った救急で、何度も違う医師に対応され、その度に（逼迫《ひっぱく》した）病状の説明をしないといけなかった。中には、「症状をGoogleで調べたのか？」、そう聞いてくる医師もいたと言う。どれも信じられないような話で、私は唖然《あぜん》としたが、ノリコは笑っていた。

「だから、バンクーバーに来た時は天国かと思ったよ。少なくとも医者に診てもらえるし、医者がちゃんと医者だー、て。」

ノリコはつやつやと光って、生命力に溢《あふ》れていた。彼女は、いつもそうだった。生きる力が強く、どんなに辛《つら》いことがあったって、最後には絶対に笑いに変えてしまうのだ。それが、カナダ在住16年で培われた強さなのか、彼女が持っている元々の強さなのかは、その時はまだ分からなかった。

2日後の土曜日、夫の携帯に電話がかかってきた。やはりノリコたちと一緒に、うどんを食べていた時だった。

バンクーバーで美味しいうどんにありつくのは至難の業だ。メニューに「Nabeyaki udon」

の文字を見つけて、嬉々として注文したら、じゃがいもの天ぷらと、何故かブロッコリーが入った伸びきったうどんだったりする。でも、子供達が通っているサッカー教室のフィールドの近くに、Motonobu Udonという、美味しいうどん屋を見つけた。サッカーのクラスの後、みんなでそこに行くのが楽しみだった。私はいつも豆腐（お揚げのこと）ワカメごぼ天うどんに、とろろをトッピングした。何か好きなものを発見すると、決して冒険しない。食べ物に関しては、恥ずかしいほど保守的なのだ。

「アポイントメント⁇　カナコ？」

電話に出た夫が面食らっていた。その時私が思ったのは、「何かレストランの予約してたっけ？」だった。夫に聞かれても心当たりがなかった。夫はその時、意味が分からないから、電話を切ろうとしていたという。

「キャンサーセンター？」

彼が言った。うどんを食べる手が止まった。電話がかかってきたのだ。でも、どうして夫の携帯に？　土曜日に？　頭は混乱していたが、とにかくノリコを伴って、店の外に出た。電話の向こうの女性が、何事かまくし立てている。ノリコに代わると、どうやらオンコロジストと呼ばれる担当医との面談についての電話のようだった。

「9月2日に先生と会えるらしい。大丈夫？」

その日は、ノリコたち家族や、他の家族たちとキャンプに行っているはずだった。でも、女性が有無を言わせない様子だったし、何よりこれ以上詳細を知ることを遅らせたくなかった。

承諾し、場所と時間を聞いた後で、ノリコが、優しい声を出した。

「全部分かった。良く分かった。でも、もし、もーし、アポイントメントの日程を変えたいと言ったら、変えられるかな？」

するとと、女性はキレた。

「はあ？　こんだけ喋らせといて今更アポイントメント変えたいとか？　はあ？」

ノリコは目をむいて、

「オッケー、オッケー、変えないよー。行くよー。」

と、また犬に言い聞かせるように言った。

「あはは、ひっどいね、この人も！」

どうやら、がんセンターの人たちは、間違った番号にずっとかけていたらしかった。私のMSPの履歴から、どうにかして夫の電話番号を得て、わざわざ土曜日にかけたのらしい。それでイライラしていたのだ（彼女は、私にとって二人目の「超絶イライラしているバンクーバー人」になった）。

いや、知らんがな。そう思った。

私は正確な電話番号をクリニックに伝えてあるし、実際それでウィル医師から電話もかかってきた。電話が繋がらないのであれば、クリニックに確認すれば済む話ではないか。そもそもMSPの履歴で夫の電話番号が分かったのであれば、私の電話番号だって分かるのではないか。言いたいことはたくさんあった。でも、もうそんなことは言っていられなかった。とりあえず担当医は決まった。彼に会える日も決まった。私のがんが、どのような状態であるのかが分かるのだ。

8月21日　cancer centerから電話
メモ：9月2日　8：10　メディカルクリニック8Fに行くこと
Dr Ronardo 腫瘍《しゅよう》医？　腎臓が専門？
あんなに美味しいうどんを残してしまった　悔しい
キャンプに行けない　悔しい！！！！

バンクーバーは、自然に囲まれている。

東京に住んでいた時は、自然とは疎遠だった。夫と時々登山に行っていたが、子供ができてからは行けなくなった。キャンプは人生で一度しかしたことがなかったし、唯一自然と触れ合う機会は、家の近くの公園をジョギングする時くらいだった。

私は、ファッションが大好きだ。伊勢丹は聖地で、月に何度も、服や靴を購入していた。でも、バンクーバーに来てから、それがピタリと途絶えた。相変わらずファッションは好きだし、見るのも楽しいのだが、自分が着たいと思わなくなった。お洒落《しゃれ》して行きたくなるような素敵なレストランはもちろんあるのだが、そうそう頻繁に行くわけではないし、行ったとしても、ちょっと良い服は一着で十分だ。そもそも素敵な服や靴を身につけたところで、冬は特に雨が多く、道がぬかるんでぐちゃぐちゃになる。

バンクーバーの人たちはなぜかあまり傘を差さないので、私もなんとなくそれに慣れてしまって、弱い雨の日はフード付きのコートでまかなっている。同じような理由でファンデーションも塗らなくなり、コロナが始まってからは、リップもつけなくなった。

容姿にかける金額が大幅に減った代わりに、俄然増えたのは、アウトドアギアへの投資だ。雨に濡れても平気なパーカー、自転車、自転車を車に搭載出来るバイクラック、スキーの板とスノボの板、それにキャンプ用のテントや寝袋、水のタンクにキャノピー。

昨年は特に、コロナ禍で行く場所を制限された。海外はもちろん、カナダ国内の旅行も禁じられ、私たちは近郊でのキャンプに勤《いそ》しんだ。通常でも人気のあるキャンプサイトはすぐに予約が埋まってしまう上、コロナで倍率が跳ね上がった。私たちはサイトの予約がオープンする予定日2ヶ月前の朝7時にそれぞれパソコンの前に陣取った。そして、Zoomで作戦会議をしながら次々にキャンプサイトを予約した。それで、3回ほどキャンプに行った。

忘れられないのが、Rathtrevor Beach（ラストレバー・ビーチ）だ。バンクーバーからフェリーでバンクーバー島にあるナナイモに渡って、そこから車で40分ほど行った海沿いにある。通称ラビットビーチと言われる場所で、その名の通り、たくさんのウサギがいる。どのウサギも人間に慣れているのか人懐っこく、中には、手のひらに乗るほど小さな子ウサギもいた。Sや子供たちはウサギと一緒に走り、遠浅の海で水遊びをした。私は薪《まき》割《わ》りに挑戦し、夜は落ちてきそうな星に圧倒された。早朝、テントの近くに子鹿が現れた。子鹿の目は黒くて、濡れていた。

今年は規制が緩和されたので、11家族の大所帯でCultus Lake（カルタス・レイク）に出かけた。誰がどこにいるかすぐに分からなくなるので、子供達に蛍光色の安全ベストを着せた。常に子供達の人数を数え、大量に食べ物をこしらえて食べさせた（餅《もち》を持参した私は、餅焼きおばさんと言われた）。トレイルを歩き、湖で泳いで、それぞれたくさん蚊に食われて、真っ黒に焼けた。早朝、目を覚まして、お湯を沸かしていると、アライグマが木から降りてきた。アライグマは、私を怖がることなく、干していたバスタオルや水着に悪戯《いたずら》をしていた。

キャンプに行けないのが、どうしても悔しかった。私の夏の楽しみを、丸ごと奪われてしまった。なので、ロナルド医師との面談後に2泊、家族だけでウィスラーに行くことにした。スキーリゾートとして有名な場所だ。

カナダ人は、夏のスキー場を、マウンテンバイクで滑走する（それでたくさんの人が大怪我をする）。私たちは子供がいるので、流石にそれは出来ないが、その代わり、大きなバイクパークとスケボーパークに行くことにしている。スケボーを始めたSが、何時間でも過ごす（夫もスケボーをしている）。少し上の子供たちがSに時々教えてくれるし、超絶的な技を持っている若いボーダーたちの動きを見ているのは、私も楽しかった。

どのような診断が下っても、ウィスラーで気がまぎれるのではないか。そう願った。

9月2日　ロナルド先生は、とても優しい先生だった。私のがんは、トリプルネガティブ乳がんだと告げられた。エストロゲン受容体とプロゲステロン受容体、HER2たんぱくが存在しないがん。乳がん全体の15〜20%がそれに当たり、予後が悪く、再発率が高い。ホルモン治療が効かないので、抗がん剤で徹底的に治療をすることが大切だと、彼は言った。胸のしこりは、2・9センチになっていた。4ヶ月で、約2センチも成長したということだ。日本への帰国を待っていたらと思うと、ゾッとする。トリプルネガティブ乳がんに関しては、インターネットで調べていた。自分が、一番なりたくないがんだった。


ウィスラーでは、結局7時間ほどを、スケボーパークで過ごした。

夫と子供がスケボーを楽しんでいる間、私は一人で散歩に出かけた。少し曇っていたが、風が気持ち良かった。

私の前方では、若い女性の二人組が歩いていた。フェイクファーのついたお揃《そろ》いのブーツを履いていて、そのブーツは若い頃私が履いていたものに、すごくよく似ていた(ブルーザー・ブロディが履いていたようなブーツだ。あんまり気に入って履き続けたから、底が破れて、雨の日には水が染みてくるようになった)。

歩いていた二人が立ち止まった。二人で腰をかがめて、地面をじっと見つめている。追い越そうとすると、一人と目が合った。

「ほら。」

彼女が指差した先を見ると、10センチほどの大きな芋虫が、道を横断していた。黒っぽいのだが、光の当たり方によって、濃紺にも見える。白い斑点があって、美しい絣《かすり》の着物のようだった。体をうねうねと動かして、少しずつ、少しずつ移動している。

「これは何になるんやろ？」

もう一人に、そう聞かれた。

「さあ、蝶やないかな。」

そう答えた。

「じゃあ、めっちゃ大きい蝶やな！」

彼女は、嬉《うれ》しそうに笑った。

「うん。でも、このままでいても綺麗やんね。」

私が言うと、

「ああ、確かに！　でも、やっぱり蝶にはなりたいんやないかな。」

と答えた。

「ほら、こんなに移動するのん遅いし、ストレスちゃう？　蝶やったら空飛べるねんで？」

私が彼女たちを追い越しても、彼女たちはそのまま芋虫の姿を見ていた。しばらく歩いてから、思い出して叫んだ。

「ブーツ素敵やね！」

二人は同時に「ありがとう！」と言った。

夜、風呂に湯を溜《た》めている間だけ泣いた。バスルームの外では、夫とSが笑う声が聞こえた。

二人に聞こえないように、勢いよく湯を出して、ぶくぶくと泡立ってゆく浴槽にうずくまった。お湯に顔をつけて、「こわいよー、こわいよー」、と叫んだ。

私にはその内部の音が聞こえた。ポップ・ロックのようにパチパチと鳴り響いていた。私にはその音が聞こえたのだ。何年も前に、科学の授業で習ったことを思いだした。年老いた星々が崩壊を起こす前、その生涯を終える最後の日々に大きく膨張し、そのあと極超新星として爆発する。極超新星《ハイパーノヴァ》。私が感じたのはそれだ。私の太陽系が死に絶えていくかのようだった。私は長いあいだ浴槽の湯に身を沈めていた。

——カルメン・マリア・マチャド『彼女の体とその他の断片』

がんになっても、それを友人や家族に告げるかは、人それぞれだ。離れて暮らす家族に心配をかけたくない人もいるだろう。友人たちに告げて同情されるのが嫌だった、と言う人も見たし、がんと告げた途端「死ぬ人だ」と思われるのが辛かった、という手記も読んだ。

私の場合は、すぐに、友人たちにがんであることを告げた。ノリコを始めとするバンクーバーの友人たちはもちろん、日本にいる友人たちにも、全てを伝えた。性格的に黙っていられなかったのと、皆にも検診を受けてほしかったからだ。私のように「まさか私が」、そう思っている人は、他にもいるだろうと信じていた。

LINEには、体温のある言葉が溢れた。深夜にもかかわらず、日本から電話をかけてくれる友人もいた。泣いてしまう子もいれば、「44年間生きてきたんだから体もバグ起こすって！」、そう言ってくれる子もいれば、「トリプルネガティブって弱小プロレスユニットの名前みたいやん、そんなもんすぐに解散するやろ」、そう言ってくれる子もいた。

最後に伝えたのは、親だった。特に母親に伝えることは、最後まで躊躇《ちゅうちょ》した。

母親は、とても無邪気で正直な人だ。私が小さな頃から、自分が親だからと言って親の顔をしなかった。つまり、親の権威を決して振りかざさなかった。私と対等に接し、感情を隠さず、だからどこか子供っぽいところがあった。私が長じてからは、母と娘が逆転しているように思うことがよくあった。私は頼りにされていると自負していたし、母もそれに同意していた。

がんであることは、母には内緒にしておこうと思っていた。最初は。やはり私の楽観性のなせる業で、がんであっても、腫瘍を取ればそれで終わりだ、などと考えていたのだった。でも、抗がん剤治療を始めるとなると、髪も抜けるだろうし、体重も減るだろうし、どうやったって黙ってはいられないだろうと思った。

母は泣いた。でも、私が思っていた以上に、冷静に受け止めてくれた。きっと、私の気持ちを慮《おもんぱか》って、そうしてくれたのだろう。感情的な母が、どれほど自分を抑制しているのだろうと思うと、胸が詰まった。カナダで治療を受けることを決めていることにも、彼女は動揺を見せなかった。コロナ禍で、こちらにやって来るのが困難なことを彼女は知っていて、その上で、彼女は言った。

「お母さんには、祈ることしか出来ひんから。」

それは私が、望んでいることでもあった。私は母に、祈って欲しかった。私は彼女の祈りの強さを信じていた。

弘法大師贔屓だった祖母の影響だろう。母も般若心経《はんにゃしんぎょう》を諳《そら》んじ、四国八十八箇所には父と何度も出掛け、私が長年の不妊治療と流産を経て今の子を妊娠したときは、子の無事を祈って、お百度を踏んだ（そうだ、その時も私は、母に頼んだのだった。「お腹《なか》の子のために祈って」と）。

母に、蜘蛛のことを告げた。祖母が蜘蛛になって噛んだのだと思う、と言うと、母は言葉をなくしていた。この電話がかかってくる前日に、彼女も洗面所で、大きな蜘蛛を見たのだそうだ。

そしてその翌日、母はもっと大きな蜘蛛を見ることになる。母の掌《てのひら》ほどもある蜘蛛が、トイレの壁にじっと貼り付いていたそうだ。おばあちゃんが来てくれた、と、母は泣いた。

「カナコ、だから大丈夫やで！」

そしてすぐに、お百度を踏みに行ってくれた。

それからは、怒濤《どとう》の検診ラッシュだった。MRI、PET検査、針生検。担当してくれた看護師は、皆カジュアルだった。それに何故か、腕に大きなタトゥーをしている人が多かった。

PET検査の時の看護師は、「待ってる間 Spotify 聞く?」と聞いてきた。

「私ので良かったら！」

いや、ええよ、と断った。あなたは優しいね、と言うと、彼女は何故か爆笑した。

針生検は、8月に受けたものより、精密なものだった。担当の医師はインターンのマークで、サムという先輩の医師が付き添った。マークは、

「今日の医師は全員男性だから、もし居心地が悪かったら言ってね。」

と言った。そんなことを聞いてくれることに驚いた。大丈夫やで、と伝えた。彼が針を刺すと、サムがモニターを見ながら、

「そうじゃないマーク、曲がってる、まっすぐ！」

などと言う。まるで、バスケットボールの試合を見ているコーチのようだった。

「そう、そこだ、行け！」

私の胸に、何度も針が刺された。バチンッ、バチンッ！　あんまり時間がかかったので、最後の2刺しはサムがした。麻酔が切れかかっていたのか、とても痛かった。うう、と唸ると、

「君はタフだね！」

と、マークが言った。

9月9日　看護師から電話。抗がん剤治療でキャンセルが出たから、明日から始めたいと言う。心の準備が出来ていなくて、怖くて、一度断ってしまった。別の看護師が電話をかけ直してきて、「カナコ、なんで断ったん？　あんたは、断るべきやない」とはっきり言

った。「早ければ早いほどいいんやで」。だから覚悟を決めた。電話を切ってから、抗がん剤治療のキャンセルとは、どういうことだろうと考える。体調を崩したのだろうか、それとも嫌になってやめたのだろうか。それとも。夜、小泉今日子さんとZoomで新刊についての対談。小泉さんの声には鎮静効果があった。静かで、美しい声だった。

抗がん剤治療当日の朝、処方された吐き気止めを飲んだ。

処方箋《しょほうせん》には、投与の1時間前と書いてあった。それがいつなのか分からず、でも、間に合わなかったら嫌なので、予定時間の1時間前に飲んだ。

病院には、ノリコと夫が来てくれた。でも、コロナの関係で、関係者は一人だけ、しかも初回しか入れないらしかった。

夫に付き添ってもらうことにして、ノリコとは、ここで別れた。別れ際に、ノリコは強くハグしてくれた。看護師のナディアが、微笑みながら、それを見つめていた。

ナディアから、改めて抗がん剤治療の説明を受けた。簡単な説明は、ロナルド医師からも受けていたし、資料ももらっていたが、より具体的な説明だった。移動可能なモニターがあって、日本人の通訳者が、画面に現れた。日本語を聞くだけで安心した。日本語以外にも、たくさんの言語の通訳者と繋がれるようになっているらしい。バンクーバーらしいシステムだと思った。

私は、3週間の1タームを、計8ターム続ける。最初の4タームは、毎週パクリタキセルを投与し、3週間に1度、カルボプラチンと同時投与になる。今日は、その1回目だ。後半の4

タームはＡＣ療法に移行する。ＡＣ療法では、3週間に1度、シクロホスファミドとドキソルビシンを投与する。合計24週、6ヶ月ほどの治療予定だ。手術はその後、おそらく4月頃になるのではないか、と、ロナルド医師が言っていた。手術の執刀医は別で、また面会の機会を設けるという。私の場合はしこりが大きいので、術前に抗がん剤でがんを小さくしてから、手術をするらしい。

一通りの説明を聞いてから、夫は帰って行った。投与終了の30分前に電話するから、と、ナディアが彼に言った。

「毎週って、キツイなぁ。」

夫がいなくなってから、思わず呟《つぶや》いた。ナディアは肩をすくめて言った。

「でも、毎週血液検査するから、体調を把握しやすいで。後半は3週間に1度やから楽そうに思うけど、その分体の不調に自分で注意せなあかんし。」

「不調って？」

「一番気をつけて欲しいのが熱。感染症の疑いがあるから、38度以上の熱が出たら、救急に電話して。」

そういったことはすべて、資料にも書いてあった。それに、インターネットで情報も調べていた。日本語のサイトでは、37度5分以上の熱が出た場合、と書いてあるものが多かった。西洋人とアジア人で、平熱が違うからだろう。私も平熱は高い方だが、38度まで待つべきなのか迷った。

「吐き気止めは持って来た？」

ナディアが聞いた。

「あ、もう家で飲んできた。」

「え、そうなん？　あれは家で飲むんやなくてここに持って来てな。うちらが飲むタイミング教えるから。」

「そうなんや。ごめんなさい。どうしよう。」

「謝ることやないよ！　でも、当日になって、白血球の数値が悪かったりして中止になることもあるから。あと、すぐに抗がん剤を投与するんやなくって、その前に吐き気止めとか、ステロイドとかも点滴するから、それに1時間くらいかかるねん。」

「分かった。」

少しでも分からないことがあれば電話をして聞くべきだ、と思った。ここは日本ではない。あらかじめ懇切丁寧に教えてくれるわけではないのだ。

「右手と左手どっちに打つ？」

利き手を空けたくて、左手にしてもらった。ナディアが、手の甲に針を刺した。テープで固定して、点滴と繋ぐ。今この瞬間から、もう私の体は変わってしまうんだな、と思った。元に戻れるのはいつだろう。人によっては、抗がん剤の副作用が、長く続くと聞いた。

3時間ほどで、初日は終了した。心配していたアレルギー反応や、直後の副作用はなかった。迎えに来た夫も、元気そうな私を見てホッとしていた。

夜、ベッドに横になると、体が沈む感覚があった。ずうん、と、重かった。始まった、と思った。怖かった。でも、結局まどろんでいるうちに、いつの間にか眠っていた。

9月10日　初めての抗がん剤治療。初めに投与するステロイドの効果で、とてもとても眠たくなった。目を開けていられないほどだった。そんな中で、名前と生年月日を何度も確認された。間違いがあってはいけないからだろう。他の部屋にいた看護師を呼んで確認した。１９７７年５月７日生まれです。何故だかそれに、はっとする自分がいた。強烈な眠気の中で、１９７７年の５月７日生まれの自分、という感覚が、頭の中に残った。

翌日も、副作用はなかった。

いい天気だったので、ジョギングもすることが出来た。元気なうちにと思い、友人のマユコに付き合ってもらって、医療用ウィッグのカットに行くことにした。

マユコは、20代の時に語学留学でバンクーバーに来た。同時期に留学していたイヴァンと出会って結婚し、二人でカナダの永住権を取った。イヴァンはメキシコ人だ。いつもニコニコと笑っていて、誰よりも優しい。キャンプの時、ご飯を担当した人を毎回探して肩を叩《たた》き、「美味しかったよ、本当にありがとう」、そう言ってくれる人だった。

マユコは、まっすぐに育った百合《ゆり》のような人だ。透明で繊細だが、とても芯が強い。いつも正々堂々としていて、狡猾《こうかつ》さからはほど遠い。

本当は、美容室には、一人でも行くことが出来そうだった。でも、副作用がいつ出るか分からず、怖かった。だから、マユコに車を出してもらったのだった。二人で、ダウンタウンにある、CuEという、いつもお世話になっている美容室に行った。

今までずっと、ワーキングホリデーでバンクーバーに来ている美容師さんに切ってもらっていた。どの方も本当に素晴らしく、腕も良かった。でも皆、半年や1年で帰ってしまうので、それが寂しかった。だから、数週間前に、これからはオーナーのマサにカットしてもらいたい、そう告げたところだった。初めてのカットが医療用ウィッグとは、なかなかトリッキーな依頼だった。

事情を説明したら、ウィッグは修正が効かないので、閉店後にじっくり切らせてほしい、と提案された。夜の7時に、店に入った。マサは苦労しながら、とても丁寧に切ってくれた。彼がハサミを入れるたび、寄付をしてくれた誰かの髪が、ハラハラと床に落ちていく。その間マユコには、念のため、もらった資料を改めて読んでもらった。

「とにかく熱に注意って書いてる。あとは、呼吸がしにくくなったら救急に行って、て。とにかく気になることがあったら救急か、811に電話だね。」

ブリティッシュ・コロンビア州には、救急の911以外に、811というダイアルがある。救急に行くかどうかの判断がつかない時、専門の看護師に聞くことが出来るダイアルだ。

「40代以降で抗がん剤治療をしたら、高確率で生理が止まるって。」

家にある生理用ナプキンと、タンポンのことを思い出した。こちらのナプキンは、デザインが派手で好きだった。かすみ草、とか、淡い桃色、などではなく、ショッキングピンクやターコイズブルー、エメラルドグリーン、とにかく、とてもヴィヴィッドなのが良かった。これからもう、あの生理用品を使うことはないのか。そう思った。それが、嬉しいことなのかさみしいことなのか、その時は分からなかった。

カットには4時間ほどかかった。マサはクタクタだったと思う。通常営業を終えてからの作業なのだ。それでも、彼はその間、ずっと話をし、さりげなく私を励ましてくれた。彼は昨年、お母様をがんで亡くしていた。

最後に、髪の毛を剃《そ》ってもらった。いずれ抜けるのであれば、あらかじめ剃っておこうと思ったのだ。

ずっと、坊主頭には憧れていた。いつかしたい、いつかしたい、そう思いながら、延び延びになっていた願いが今日叶《かな》うのに、バリカンを入れられた瞬間、私は泣いていた。どうしてなのか分からなかった。マユコが、手を強く握ってくれた。

「またすぐ生えるよ。」

そう言ったマユコの瞳も濡れていた。

マサは、少しでも恰好《かっこう》いい坊主頭にしようと、色々工夫してくれた。結果、びっくりするくらい似合っている私と目が合った。どうして今までこうしなかったんだろう、そう思うほどだった。

お会計をしようとすると、マサは、「ツケにさせてください」と言った。

「絶対に、また来てもらわないと困るんで。」

それで、また泣いた。

9月14日　Sの柔術クラス。Sはいつも誰よりも声を出す。昇進のストライプをもらえて嬉しそうだった。ベルナルド、ハヤ、カイルに、がんのことを告げる。しばらく柔術は出来ないこと、でも、時々クラスの見学をしたいと言うと、もちろん、と言ってくれる。それぞれ強いハグ。体が折れそうだった。ベルナルドが言った。「カナコ、僕たちは家族だ。」

坊主頭になった自分があんまり素敵だったから、友達のトモヨに、写真を撮ってもらった。彼女はプロの写真家で、実は日本にいたときも、作家として何度か写真を撮影してもらったことがあった。

彼女は、40歳でバンクーバーに語学留学をしに来た。そこで、カナダ人のスティーブンと出会い、結婚して永住権を取得した。彼女には不思議なヒーリング能力があった。柔らかい雰気と黒目がちの瞳は草食動物を思わせ、触れていなくても、何故かこちらを癒してしまう。彼女が撮る、時間を緩やかに静止させた写真が、私は好きだった。

撮ってもらった写真を、私はたくさんの友達に送った。みんな褒めてくれた。みんなの言葉に、私は照れなかった。だって私は、間違いなく美しかった。

しっかりとした気持ちでいたい
自ら選んだ人と友達になって
穏やかじゃなくていい毎日は
屋根の色は自分で決める
美しいから　ぼくらは

――カネコアヤノ「燦々」

髪の毛が抜け始めたのは、3回目の抗がん剤投与が終わった頃だった。抜ける、というより、落ちる、といった感じだった。少し触れるだけで、パラパラと舞い散る。髪の毛を洗うと浴槽は髪の毛だらけになり、タオルで拭くとタオルに一面、べったりと髪がついた。掃除が大変だったし、キリがないので、完全に抜けきるまではトイレットペーパーで頭を拭くことにした。たくさんの紙を無駄にしてしまった。

鼻毛と陰毛も抜けた。鼻毛がないと、鼻くそが異様に溜まった。左側の鼻は、右側より粘膜が弱っていたのか、ずっと血の混じった鼻くそが出た。それは結局、抗がん剤治療が終わるまで続いた。陰毛が抜けることは問題がない、と思っていた。何度かブラジリアンワックスをしたことがあったし、無毛の状態はかえって清潔なのでは、と思った。でも、抗がん剤治療が進むうち、トイレに行くたび、女性器が臭うようになった。最初は気のせいかと思ったが、おり

ものがなくなり、膣内《ちつない》が乾燥しているような気がしたから、変化しているのは間違いなかった。看護師に言うと、

「免疫力が下がって自浄作用がなくなるから、臭うことはあると思う。」

とのことだった。結局それも、抗がん剤治療が終わるまで続いた。

私は、頭がツルツルになるのを待った。でも、まだらに抜けたままで、脱毛は止まってしまった。新刊の取材の時期だったので、マサに切ってもらったウィッグをかぶって受けた。

毎週の抗がん剤投与にも、慣れてきた。

パクリタキセルが体に合っているようで、単体で投与するときは、ほとんど副作用はなかった。調子がいいときはランニングも出来たし、筋トレも出来た。問題は3週間に1度のカルボプラチンとの併用で、副作用は吐き気、倦怠感《けんたいかん》、口内炎、などがあった。地味に辛かったのは、口の中に、ネチャネチャとした膜のようなものが張ることだった。そのせいで、口の中がいつも不味《まず》いのだ。

動悸《どうき》も強かった。普通に生活している分には問題はなかった。でも、階段を登ると、全力で走った後のように息が切れ、心臓がバクバクいった。階段だらけの我が家は、だから、抗がん剤治療中の人間には厳しかった。半地下で目を覚ましてから、ダイニングのある3階に行くまでに、何度も休憩しないといけなかった。

投与は辛かったが、化学療法ユニットの看護師に会うのは楽しみだった。皆明るく、鼻歌を歌っていたり、鼻歌どころではない本格的な歌を大きな声で歌っていたり、他の看護師と冗談

を言って笑い合っていたりする（一度など、受付のターシャが看護師と爆笑していて、彼女の笑いが収まるまで手続きを待たないといけなかった）。彼女たちの腕にもタトゥーが多く、中には看護服すら着ていない人もいた。これは、日本の病院しか知らない私には驚きだった。

30代の初め頃、扁桃周囲炎《へんとうしゅういえん》という病気になった。扁桃腺に膿《うみ》が溜まり、唾《つば》も飲み込めないほど痛んだ。経口で食事が出来ないので、1週間入院して、点滴生活をした。喉以外には支障がないため、持ち込んだ仕事をしたり、絵を描いたり、毎日見舞いに来てくれた母と終わらないおしゃべりをしたりして過ごした。

看護師は皆優しく、驚くほど細やかなケアをしてくれた。ナースコールを押すと、少しのことでもすぐに飛んで来てくれた。

「西さん、大丈夫ですか？」

「何か困ったことはないですか？」

「お手洗い、付き添いましょうか？」

私は甘やかされた王様になったような気分で、1週間を過ごした。日本の看護師は最高だった。

でも、カナダの看護師も、別の意味で最高なのだった。彼女たちは、私を決して甘やかさなかった。もちろん、何か困ったことがあれば助けてくれたし、相談にも乗ってくれた。でも、あくまで私たちは対等だった。つまり私は、王様などではなかった。

「カナコのがんはトリプルネガティブなんや、オッケー！　早《は》よ治そう！」

彼女たちと話していると、がんは死に至る病なのではなく、ただの風邪か、ちょっとこじらせたインフルエンザのようなものだと思っていられた。

何度か通ううち、顔なじみの看護師が何人か出来た。

リサには何度もお世話になった。担当になるたび、私の静脈を褒めてくれた。

「相変わらずめっちゃええ静脈やん！　針刺しやすいわ〜！」

ゴリゴリと静脈の浮き出た手の甲が、私は長らくコンプレックスだった。でも、リサにこんなに褒めてもらうと、なんだか誇らしかった。

「そんなことで褒められたこと今までなかったよ。」

「ほんま？　友達に看護師おらんの？　おったら絶対思ってるで。カナコ、ええ静脈してるなぁ、て！」

確かに私の静脈は強く、15回の抗がん剤投与に、非常によく耐えてくれた。

ケリーは、いつもカジュアルなスウェットの上下を着ていた。ある時はグレー、ある時は薄い紫。看護師は看護服を着るものだと思っていたが、こちらではその限りではないらしい。ナチュラルなグレーヘアが素敵だと褒めると、白髪染めをして化学薬品にまみれた髪の毛が嫌になったのだと言う。それで、髪をリセットするために、一度剃ったのだそうだ。いつも冗談を言っていて、私が「毛布をもらえる？」と言うと、

「1枚10ドルな〜！」

そう言って笑うのも毎度のことだった。私もいつしか、

「ツケにしてもらえる？」

そう、冗談を返すようになった。

クリスティは、いつもショッキングピンクのコンバースを履いて、黄色いフチのメガネをかけていた。それは、黄色いパイピングがしてある看護服に合わせているのだった。看護服でおしゃれが出来ることに、私は感動した。

「カナコは、なんかエクササイズしてるん？」

ある日、クリスティが私にそう聞いた。

「うん、調子がええときは、ジョギングと筋トレをしてるよ。」

「ええやん。他には？」

「他？　うーん、柔術とキックボクシングをしてたんやけど、抗がん剤治療中やから休んでるねん。」

「そうなんや。寂しい？」

「え？　寂しい……、うん、そうやな。寂しい。」

クリスティは、しばらく私の顔をじっと見た。そして、こう言った。

「ドクターはなんて言うてるか知らんけど、うちは、カナコがやりたいんならやっていいと思うで。もちろん、抗がん剤で免疫が下がってるから、感染症には気をつけなあかんけど、自分の体調を自分でチェックして、マンツーマンとか、出来る範囲でやったらええんと違《ちゃ》う？　柔術とか、キックボクシングだけやないで。好きなことやりや？」

私も、彼女を見つめ返した。
「カナコ。がん患者やからって、喜びを奪われるべきやない。」

絶望から逃れる道や方向がわからなくても、精神を広げることはできる。広げることによって、いつか絶望が耐えられるものにならないともかぎらない。

――イーユン・リー『理由のない場所』

ひとつの雫《しずく》に集中すると、それはゆっくり、まるでスローモーションのように落ちてゆく。でも、目を転じて全体を見ると、波それ自体の動きは速やかで、先ほど感じた遅さが信じられない。波頭は瞬間光るように白くなって、あの雫のように、すぐに海の青と混じる。青と言っても様々で、ほとんど緑に見える場所もあれば、茶色く濁った場所もあって、でもやはり目を転じて全体を見ると、それは私の見知った海の青だ。

家から10分ほどのビーチには、ほとんど毎日来た。海は、天気のいい日は溌剌《はつらつ》と光り、雨の日は適切に静かだった。私は海の動画を撮って友達に送ったり、ビーチに置いてある丸太に座って、ただ海を眺めたりした。

海の向こうに、高層ビルが立ち並ぶダウンタウンが見える。そしてその向こうに、雪をかぶった山並みが広がっている。バンクーバーは、街と自然が共存している。街と言ってもすごくミニマムで、例えば観光に来ても、一日あればほとんど回れてしまう。

この街に来たのは2019年の12月だった。その前の5月に、夫と当時まだ2歳だったSを連れて旅行に来た。その時にはすでに、バンクーバーは移住先の候補だった。だからその旅行は、下見を兼ねていた。

渡航前から、子供に優しい街だ、と聞いていた。本当にそうだった。Sはひと時もじっとしておらず、電車の中でぐずり、レストランではしゃいだが、誰も嫌な顔をしなかった。バスにはベビーカーでも楽に乗れ、乗り込むと、誰かが絶対に席を譲ってくれた。街を歩いていると、すれ違う人がSに「ハーイ、バディ！」と挨拶《あいさつ》してくれ、当時、かめはめ波に夢中だったSが「はー！」と両手を広げると、通りかかった若い女性二人が「あああああ！」と、やられるフリをしてくれた。

その旅行で、このビーチにも来た。風が強い日だった。その日に、私は初めてノリコに会ったのだった。ノリコはその時、ソラが養子であること、ソラのような素晴らしい子と家族になれた自分はとてもラッキーだと教えてくれた。ソラはとても感性の鋭い子で、自分が苦手とするものと、自分が好むものを、流されることなく、はっきりと自覚していた。時々、ソラの目線に立って世界を見てみると、世界が違って見えた。この上なく恐ろしく、そしてこんなに美しい世界に私たちはいるのだと、改めて思うのだった。

ノリコと、ノリコを紹介してくれたマキと、ビーチ沿いのプレイグラウンドで、子供達が遊んでいるのを眺めた。プレイグラウンドにいる親たちは、少し離れた場所から子供たちを見ていた。子供が揉《も》めても、親同士で謝ることは滅多になかった。子供には子供の人格とルールがある。だから親が過剰に介入することはない、という考えから来ていた。確かに、よほど小さな子にでなければ、大人に接するように話す人が多かった。だからなのか、子供たちも、何歳でも、どんなに相手が年上でも、思うことをはっきり言った。自分の意見が尊重されることを、信じている人間の話し方だった。

今でも、自分がこの街にいることが信じられない時がある。

今までいろんな国に旅行に行って、その度に「この街に住むとしたら」、そう想像してきた。その想像は無責任で、だからこそ楽しく、尽きることがなかった。今、その想像が現実のものになっている。私はバンクーバーにいて、バンクーバーで暮らしている。それが限られた期間のものだったとしても、やはり実際に住むことがもたらすものは大きかった。

こちらに引っ越してしばらくしてから、自分がある種のストレスを感じていないことに気がついた。街が静かなのだ。それは、音がない、ということだけではなく、脅しのような広告や、ポルノ紛《まが》いの絵や写真を見ないことに端を発する静けさだった。

東京では、新宿を通る沿線に住んでいた。新宿の喧騒《けんそう》はもちろんだが、電車の中や街中で、青年誌の扇情的な写真や、「太るな」「老けるな」「ムダ毛を生やすな」、そんな風に、あらゆるNGを突きつけてくる広告を目にした。そしてそれらを見ているだけで、身体で騒音を感じていた。

東京にいたときは、それを別段おかしいと感じた記憶はなかった。聴覚に訴えかけるものであれ、視覚に訴えかけるものであれ、街にざわめきはつきものだ。そしてそのざわめきが程よい刺激になるのだと。でも、バンクーバーに来て、街の静けさに触れ、改めてそれがストレスになっていたことに気づいた。

私は東京が好きだ。大好きだ。今も恋しくて、帰りたくて堪《たま》らない。でも、私は街中で性的なものに出会いたくなかった。私は街中で子供に性的なものに出会ってほしくなかった。それが明らかなポルノではなかったとしても、性的な何かをにおわせるものには、簡単に出会えた。そして欲望の対象はいつも若い（どころか幼い場合もある）女性たちだった。

バンクーバーにも、もちろん広告はある。化粧品の広告には美しい女性が登場しているし、下着屋の前には下着姿の女性の看板も出ている。でも、女性が性的な客体になっているような印象は受けなかった。特に下着屋の写真に登場するのは様々な体型の女性たちだ。自らの身体を受け入れ、愛することを推奨していて、決して受動的な性として消費されていないように感じた。だからこそ、脅しのような効果もなかった。「こうであれ」「こうなってはいけない」、そんなことを感じる必要がないのだった。少なくとも私は、Sに見てほしくないとは思わなかった。

自分の身体を取り戻す、ということを、よく考えるようになった。

私は今まで、あらゆるものに影響を受け、それを内面化し、結果自分が本当はどういう自分であるのか、何を愛して、何を嫌悪するのかを、少しずつ手放していったように思う。やはり「老けたくなかった」し、「毛を処理していないとみっともない」と、どこかで思っていた。それらすべてを手放すことが正しいわけではないし、実際に私はすべてを手放せていない。でも、流行《はや》りの服を放棄し、ムダ毛の処理を、そしてファンデーションを塗るのをやめた私はその分、何かを取り戻しつつあるように思う。少なくとも今の私には、バンクーバーのこの静けさが必要だった。

私は今、海沿いのベンチに座って、海を見ている。

夏にはビーチバレーや日焼けをする人で溢れるこのビーチには、様々な人がいる。彫刻みたいに綺麗な筋肉をした若い男性や、犬を連れた若い女性、貝殻《かいがら》を拾っているおばさんや、腰に浮きをつけて遠泳をしているおじいさん、車椅子に乗って海を眺めているおばあさんたちのグループ、本当に様々な。

冬が始まっても、天気のいい日にビーチバレーをしている人を見る。目を奪われるのは若い女性ではなく、おばさんたちだった。膝にサポーターを巻き、突き指防止のテーピングをして、大声をあげながら砂だらけでボールを追うおばさんたち。彼女たちは、目がくらむ程美しかった。

20代の頃、年を取るのが怖かった。若さがすべてだ、おばさんになったら終わりだ。私たちの世代はそんな風に叩き込まれていた世代だった（残念ながら、今も日本ではそういう風潮があるようだ）。つまり、やはり脅されていた。

でも、自分が年を重ねておばさんになった今、何を怖がっていたんだろう、と思う。誰が私たちを脅していたんだろう。おばさんになったからと言って、自分の喜びにリミットをつける必要はない。

年を取ることは、自分の人生を祝福することであるべきだ。私は44年間、この身体で生きてきた。もちろん、身体的な衰えは感じる。そして私は、トリプルネガティブ乳がんを患っている。でも、私は喜びを失うべきではない。

9月29日　朝から雨。ランニングはあきらめて、散歩をする。午後、手術執刀医のマレカと会う。前回Zoomで少し話したから、今日は2回目になる。Zoomで思ったのと、同じ印象。とてもカジュアルで、恰好いい。今日も白衣を着ていない。本当は、ロナルドと会う前に、マレカにアポイントメントを取らないといけなかったようだった。でも、クリニックの手違いで、何故かロナルドと先に会うことになったらしい。それは問題だった？と私が聞くと、問題はないし、結果良かったと彼女は言った。私の場合は腫瘍が大きいから、一刻も早く抗がん剤治療をしたほうが良かったそうだ。マレカが、私のしこりを触る。わ、小さくなってるやん、ええやん！　と言ってくれる。「リンパに転移してるのは聞いた？」と聞いてくる。聞いてないと言うと、生検の結果が出て、リンパに転移していたとのことだった。肺にも影が見えるけど、小さ過ぎるから生検が出来ないと言われた。すごくカジュアルな告知だった。

転移のことを聞いた時、真っ先に思ったのが、「がんも生きてるんやな」ということだった。彼らも、生き延びるために、増殖しているのだ。コロナと似ていると思った。ワクチンが開発されるたび、変異して生き延びるコロナに。彼ら自身に、人間を傷つけようという悪意はなく、ただ存在しているだけで、結果私たちを攻撃してしまうのも同じだ。

もちろん、コロナで亡くなった方を、家族を失った方を思うと胸が痛む。それでも、コロナに悪意がないことに変わりはない。時に猛威を振るい、人の命を奪う自然そのものに悪意はないように。

まるで、ゴジラのようだ。私たちが作り出した放射能が、ゴジラを産んだ。生まれたからには、ゴジラは生きようとする。東京に上陸したゴジラは、ただ歩いているだけで様々なものを破壊し、人の命を奪う。攻撃され、口から紫の炎を出し、その炎で東京の街を焼き尽くす。でもそれは、悪意からくる行為ではない。

がんも、ゴジラと同じだ。ただ、彼らの存在それ自体が、私たちと相容《あいい》れないだけだ。どちらかが生きようとするとき、どちらかが傷つくことになっている。

ジョージ・ソーンダーズの短編「十二月の十日」の中に、ある記述があった。主人公ドン・エバーは、優しい妻と、独立した素晴らしい子供たちを持つ男だ。彼は老境を迎え、おそらくアルツハイマーか、またはそれに類する病を宣告される。

彼には、その病にまつわる思い出がある。継父のアレン、「あんなにいい人間はいなかった」と彼が思う、優しくて、一度も声を荒らげたことなどなかったアレンが、病を機に、まるっきり人が変わってしまったのだった。彼と母親に卑猥《ひわい》な罵詈《ばり》雑言《ぞうごん》を叫び、糞便《ふんべん》の臭いを漂わせ、カテーテルの管をペニスにテープでとめられ、ガリガリに痩せたアレンの姿は、彼にトラウマを植えつける。

彼はアレンのようになることに怯《おび》えていた。今、その病を宣告され、実際、徐々に言葉を失っていっている。


痛いよう、痛いよう。あんまりだ。おれは手術の後も泣かなかったし化学療法《ケモ》のときだって泣かなかった、でもいまほんとに泣きたい気分だ。ひどいじゃないか。それは誰にも等しく起こる、それはわかっている、だがいまそれはおれに、おれだけに起こっている。ずっと自分にはなにか特別な免除が与えられるんじゃないかと期待してきた。でもちがった。おれよりも大きな何か／誰かは決してそれを与えようとはしなかった。大きな何か／誰かはあなたのことを特別に愛してくださっているのです、ずっとそう言われてきたが、最後の最後にそうじゃないとわかった。その大きな何か／誰かはニュートラルなんだ。まったくの無関心。それはただ無頓着《むとんちゃく》に動き、人々を押しつぶす。


私にも、それが起こった。大きな何か／誰かの意図はなく。

がんに罹《かか》った人は、原因を考えてしまうそうだ。暴飲暴食が悪かったんだ、睡眠不足が悪かったんだ、仕事のストレスが悪かったんだ、果ては水子の供養をしていなかったからだ、墓参りをしていなかったからだ、まで、様々に。

でも、それは誰にでも起こる。

もちろん、生活習慣を改善して、がんをある程度防ぐことは出来るだろうし、定期的な検診で早期発見に努めることも出来る。でも、もしがんになってしまったのなら、それはもう、そういうことだったのだ。誰にも起こることが、たまたま自分に起こったのだ。

私も、最初は色々考えた。もし検診に早く行っていれば、もしあれをしていれば、もしあれをしないでいれば。でも、そんな「もし」は、全く役に立たない。私は今、このタイミングでがんに罹患《りかん》した。それは揺るぎのない事実で、そしてその事実だけがある。

このニュートラルさ、この無頓着さは、かえって私を楽にさせた。

もちろん、がんは怖い。出来ることなら罹患したくなかった。でも、出来てしまったがんを恨むことは、最後までなかった。私の体の中で、私が作ったがんだ。だから私は闘病、という言葉を使うのをやめていた。「病気をやっつける」という言い方もしなかった。これはあくまで治療だ。闘いではない。たまたま生まれて、生きようとしているがんが、私の右胸にある。それが事実で、それだけだ。

10月3日　体が重くて起き上がれない。吐き気止めの薬を飲むと眠ってしまう。夫にむいてもらった梨と、マリコが送ってくれたワンタンスープを、なんとか食べる。美味しいものを、美味しく食べたい。お腹いっぱい食べたい。

抗がん剤治療の間、ノリコがMeal Trainをオーガナイズしてくれた。

Meal Trainというのは、友人たちにご飯を届けてもらえるシステムだ。カレンダーに、友人たちがメニューを書き込んでくれ、毎日順番に届けてくれた（結果それは、手術を終えた後まで、つまり半年も続いた）。

私は、デヴィッドが作ったうどんを食べ、マユコが作ったハンバーグを食べ、チエリが作ったお好み焼きを食べ、ヨウコが作ったおいなりさんを食べ、ナオが作ったキンパを食べ、アヤが作った炊き込みご飯を食べ、クリスティーナが作ったサラダを食べ、メグミが作ったおでんを食べ、ユウカが作ったボルシチを食べ、キットが作った魚のグリルを食べ、ケンタが作った麻婆豆腐《マーボーどうふ》を食べ、アマンダが作ったパスタを食べ、マリが作ったラザニアを食べ、マイクが作ったスープを食べ、チェリシュマが作ったカレーを食べ、ジョーが作った韓国風のおにぎりを食べ、ファティマが作ったローストチキンを食べた。

人の作ったご飯、の力を、私はしみじみと感じた。それは、ご飯以上の何かだった。私の身体を、内側から動かすものだった。

日本で治療していたら、と考えたことは何度もある。がんセンターの医師となかなか連絡が取れなかったり、急なスケジュールの変更があったりし、そして何より言語の問題があって、ストレスは日々溜まった。日本にいたら、こんなストレスは一切なかったんやろうな、と、何度も思った。

でも、では日本にいたら、こんなに私を突き動かす何かを、あらゆる角度から心身に取り入れることは出来ただろうか。

まず、編集者である夫は働いていたはずだ(彼はバンクーバーでは、大学に通っていた)。時間的にフレキシブルな仕事とはいえ、こちらにいるときのように、子供の面倒を全面的にみてくれることは出来なかっただろう。がんに効くキノコのスープを作ってくれることも、朝食時に、それも体を癒すと言われているモーツァルトの楽曲をかけてくれる余裕すら、なかったかもしれない。

私はきっと、産後の時のように、実家の母に頼ったと思う。70歳を過ぎた母に家に泊まり込みで来てもらい、ご飯を作ってもらったり、家事を任せたりしていただろう。そうすると、友人たちに何かを頼むこと、お願いすることは、ほとんどなかったのではないだろうか。

日本の友人たちも、皆優しい。温かい。頼めば、それこそなんでもしてくれただろう。実際彼女たちは、すぐに大量の日本食やパジャマ、冷え取りソックスや子供の絵本を送ってくれた。そして、日々メッセージを送ってくれた。それがどれだけ私を励ましたかは、とても表現しきれない。そして、彼女たちのそばにいたいと思ったことも、一度ではない(もちろん、母のそばにも)。

でも、日本にいたら、私の方が遠慮してしまったのではないだろうか。自分たちでなんとか出来る、すべきだと、気負ってしまっていたのではないだろうか。それは私の性格というより(私は、人に頼るのがとても得意だ)、日本の風土と関係があるように思う。自分たちで何とかしないと、それも、家族のことは家族だけでなんとかしないといけない、という考えが、私たちの心身に染みついているのだ。そしてそれは、日本の政治家が我々を家族単位で扱うことと、もちろん無関係ではない。

私は産後、たくさんの友人に助けてもらった。3日と空けず家に来てもらい、話を聞いてもらい、素敵なお惣菜《そうざい》やケーキ、時にはノンアルコールのカクテルを買って来てもらった。でも、それ以前には、母にすでにサポートを頼んでいたし、産後ドゥーラに対価を払って、私的に万全の態勢を整えていた。少なくともこんなに丸腰の状態で誰かに「助けて」と言うことはなかった。

もちろん出産と違って、がんになることは想定することが出来ない。だから丸腰にならざるを得ない。それでも、日本にいた時とバンクーバーに来てからとを比べると、人に助けてもらう機会が、圧倒的に増えた。

海外にいたら、誰かを頼らずには生きてゆけない。特に私の語学力ならなおさらだ。それは、がんになる前からそうだった。駐車の許可証の取り方から、日本食が売っている店を教えてもらうことから、家を空ける間猫の面倒を見てもらうことまで、様々なことに関して、いろんな人に助けてもらった。どこかで助けられることに慣れ、同時に、誰かを助けることにも慣れた。もちろん、一時的な滞在者である私たちには、出来ることが限られている。でも、子供を預かったり、引越しの手伝いをしたり、車を持っていない人に重いものを届けたり、出来ることはいくらでもあった。

皆が、Sのケアをしてくれたことは特に有り難かった。Sの親友のレミーの家族は、毎週水曜日にSを預かってくれ、週末は皆が、Sをどこかしらに必ず連れて行ってくれた。家に泊まらせてもらうこともあった。もちろん、大好きな父親とずっと一緒にいることが出来たことも大きいが、Sがさみしい思いをしたことは、ほぼなかったはずだ。私の病気がどのようなものかはきちんと理解していなかったが、とにかく私がずっとベッドで寝ている日も、上階からSの笑う声が聞こえた。無理してそうしているようには見えなかった。Sは、たくさんの、本当にたくさんの人に育ててもらった。

こうやって助け合うことに皆が慣れているのは、バンクーバーが移民の街であることにも関係している。たくさんの人がこの街では新参者で、右も左も分からない状態でやってくる。助け合わないと生きてゆけないのだ。

インドから来たチェリシュマが言っていた。

「親や親戚が近くにいない状況のしんどさは、ほんまによう分かるから。」

人は一人では生きてゆけない。改めて強く感じる。それは当たり前のことのはずなのに、やはり私はどこかで、一人でも生きて行ける、そう驕《おご》っていたのではないだろうか。少なくとも、東京ではそうだった。

32歳の時に、マンションを買った。人生で一番高い買い物に手が震えたが、同時に興奮していた。自分がこんなことを成し遂げられるなんて、思ってもみなかった。それから猫を拾い、夫と出会って結婚したが、独立した人間であることは絶対に手放さなかった。銀行のことも、病院のことも、ローンのことも、もちろん駐車場のことも、自分一人で出来た。一見困難に見えることでも、努力すれば、必ずなんとかなった。

でも、バンクーバーでは、歯が立たなかった。どれだけ努力しても語学力には限界があり、それだけで可能性がうんと狭まった（なにせ、クリニックへの電話一つも出来なかったのだ）。ああ、自分は一人では何も出来ないなぁ。弱いなぁ。日々、そう思った。そしてそれは、恥ずかしいことでも忌むべきことでもないのだった。ただの事実だった。

私は弱い。

私は、弱い。

日々そうやって自覚することで、自分の輪郭がシンプルになった。心細かったが、同時に清々《すがすが》しかった。

だから私は、柔術に夢中だったのだ。格闘技の経験もないし、勘も鈍い。すぐにパニックになるし、気がついたら息が止まっている。私は、徹底的に弱かった。誰とスパーリングをしても、こてんぱんにやられた。時には、しばらく寝転がったまま、次のクラスが始まるまで動けないこともあった。大の字になって道場の天井を見ていると、

「弱いなぁ、自分。」

と、思った。もちろん情けなかったが、その情けなさを受け入れると、何かに触れるような気がした。自分がこの体で、圧倒的な弱さと共に生きていることに、目を見張った。

なぜならおれにはわかったんだ、今やっとわかった、少しずつわかりかけてる――もしも誰かが最後の最後に壊れてしまって、ひどいことを言ったりやったり、他人の世話に、

それもすごいレベルで世話にならなきゃならなくなったとして、それがなんだ？　なんぼのものだ？　奇妙なことを言ったり、やったり、不気味で醜い姿になることの、なにが悪い？　糞が脚をつたって流れて、なにが悪い？（中略）今だってまだ怖い、それでもおれにはわかったんだ、そこには同時にたくさんの――たくさんの良いことのしずく、そうおれには思えた――何滴もの幸せな、良い絆のしずくがきっとこの先にはあって、そしてその絆のしずくは――今までも、これからも――おれが勝手に距離（注　本当は拒否。言葉を失っていっている彼が間違ってそう言っている）できるものじゃないんだ。

――ジョージ・ソーンダーズ『十二月の十日』

遺伝子検査の結果が出た。

私には、ＢＲＣＡ２の変異遺伝子が認められた。乳がんと卵巣がんになる確率が高い変異遺伝子だ。アンジェリーナ・ジョリーはＢＲＣＡ１の変異遺伝子を持っていて、予防のために両乳房と卵巣、卵管を切除した。

私のがんは右側にあるが、左乳房への転移の可能性は80パーセント、再発の可能性も高かった。予防のため、両乳房の全摘が望ましく、また卵巣も、いずれ取る方がいいだろうとのことだった。この変異遺伝子は、50パーセントの確率で子供にも遺伝する。つまり、Ｓにも可能性があるということだ。19歳になったら検査をしたほうがいいらしいが、それは本人の意思に任せるべきだと医師は言った。知りたくない人もいるからだ。

私は兄にも、変異遺伝子のことを伝えた。男性がこの遺伝子を持っている場合、前立腺がんや膵臓《すいぞう》がんのリスクがあるらしい。検査を受けるかどうかは、もちろん本人に任せる、と伝えた。健康な人間の場合、遺伝子検査を受けるにはまだ保険が利かない。アンジェリーナのような予防切除も、高額になる（そのために彼女は批判もされた。恵まれた人間にしか出来ない選択だ、と）。

人が死に直面する時、その死は自分だけのものであってほしいと、当人は願う。でも、死は幾人かを巻き込む。そのために、あらゆる決断を難しくする。

ポーリン・ボティという画家がいる。

彼女のことは、アリ・スミスの『秋』を読んで知った（アリ・スミスは、作品の中で、知られざる女性アーティストの作品を紹介している。彼女が紹介したアーティストの作品を、私はいつも検索して調べた）。

ポーリンの絵はカラフルだ。少しくすんだ色味を使っていても、とてもヴィヴィッドで、華やかに見える。絵を見つめていると、まるで、いたずら好きの女の子から、（両親が眉を顰《ひそ》めるタイプの）ワクワクする秘密を打ち明けられたような気持ちになる。

「Colour Her Gone」は、ポーリンの代表的な作品だ。ペールブルーのセーターを着たマリリン・モンローが、屈託のない笑顔を見せている。一見すると、すぐには彼女がマリリン・モンローだとは分からないかもしれない。私たちが持っている彼女のイメージ（捲《まく》り上げられたスカートを押さえる彼女、胸元を大胆に見せて扇情的に笑う彼女、暗殺された大統領の誕生日に、ため息のようなセクシーな声でバースデーソングを歌う彼女、などなど）と違うからだ。

ポーリンは、性的な対象として消費され続けてきたマリリンを、リラックスした一人の女性として描くことで、性的な呪いから解いているのだった。彼女には、そういった作品が多い。女性を呪いから解くこと。女性が客体ではなく主体として、その人らしくある瞬間を描くこと。

ポーリンは、妊娠した28歳の時、悪性の胸腺腫《きょうせんしゅ》、つまりがんと診断された。中絶も、胎児に影響のある放射線治療も拒んだ彼女は、娘であるグッドウィンを1966年2月に産み、7月に死んだ。グッドウィンは、29歳まで生き、ドラッグのオーバードーズで亡くなった。

それがどれほど早すぎる死であろうと、痛ましい死であろうと、死そのものは公平だ。死を受け入れることはドラマチックな行為になりうるが、「死ぬこと」は、驚くほどありきたりなのだ。死は、私たちが呼吸をしているすぐそばにある。まるっきり無垢《むく》な、自然な佇《たたず》まいでそこにあるものだから、私たちはよく、それを見過ごす。

私たちの胸を痛ませるのは、ありきたりの死そのものではなく、死がもたらす不在の感覚だ。あの人がここにいない、そのたった一つのことが、私たちを狂わせる。だが、不在は、私たちに見過ごしていた死を認識するきっかけを与える。とても痛ましいが、必要な学びだ。

学びの過程を過ぎると、私たちにはある能力が与えられる。死者を悼《いた》み、そして死者を心の中で生かしておく能力だ。例えばポーリン・ボティは、彼女の作品によってこの世界でまだ生き続けているが、彼女のように、必ずしも後世に残す何かは必要ではない。亡くなった全ての人は、その人が「生前、間違いなく生きていた」（おかしな言葉だが）という事実それだけで、死後も生き続ける。そして彼らの「死後の生」は、生きている者の生にも大きく作用する。生者の生は、彼らの死を反射して光る。その光は、なつかしさだけではなく、その人を思う寂しさも孕《はら》む。感情は、それがどんな類《たぐい》のものであれ、私たちの生を保証するものなのだ。

でも私は、彼らを近くに置いておくことでしか回復できないということを学んだ。彼らから、彼らの不在から、距離をとろうとすると、私はばらばらになってしまう。まちがえて見知らぬ人の生活に入り込んでしまったような気持ちのままになる。

——ソナーリ・デラニヤガラ『波』

彼女はいつバラを植えたのだろう？　いま、じつにみごとに咲き誇っている赤と白。思わず、ああ、とため息をつきたくなる香り。来る年も来る年も、どれだけ彼女を喜ばせ、誇らせたことだろう。悲しいのはもうこれを見られなくなって彼女が寂しがっているだろうと思うからではない。もう見られなくて寂しいと感じることもできなくなってしまったことだ。わたしたちがその不在を寂しがるもの——わたしたちが失い、失ったことを嘆き悲しむもの——、それこそわたしたちを心の底でほんとうにわたしたちにしているものではないか。わたしたちが人生で欲しいと思いながら、結局は手に入れられなかったものは言うまでもなく。

——シーグリッド・ヌーネス『友だち』

ハロウィンには、骸骨《がいこつ》を顔に描いた。

ずっと、メキシコの死者の祭りに行ってみたかった。祭りの画像検索をすると、私の心は不思議と沸き立った。色鮮やかな骸骨は美しく、死はやはりすぐそこにあった。

骸骨のメイクは、メキシコにルーツを持つハナとお揃いで、とても嬉しかった。私は、ハナが大好きだ。どんな場所であっても、彼女はいつも一番やんちゃで、一番ひょうきんものだった。「ガハハハ！」というハナの笑い声は景色をたちまちカラフルにし、だから私は抗がん剤投与中、よく彼女の動画を見た。

我が家の近所に、友達家族が集合して、皆で近所を回ることになった。ハロウィンは、大人がコスプレをするためのイベントではなく、子供たちが家々を回り、お菓子をもらうという伝統がある。我が家にも、様々なコスチュームを着た子供たちがやってきた。

「トリック・オア・トリート！（お菓子をくれなきゃいたずらしちゃうぞ！）」

そう叫ぶ子供たちに、用意しておいたお菓子を渡す。彼らはそれを、持参したカゴに入れ、また別の家の扉をノックするのだ。

子供たちは、それぞれ自分の好きな恰好をしていた。Sはドラゴンボールの悟空《ごくう》、ソラはスター・ウォーズ、ニコはバットマン、レイはキャットウーマン、カリナはタキシードを着て、スカイとケンジはふわふわのダイナソーだった。

近所はデコレーションに気合いが入った家が多く、中には1年分の労力をそこに使っているのではないかと思えるような家もある（何故かクリスマスには簡素なのが笑える）。子供達にお菓子をくれる時も色々工夫していて、なるべく触れ合わないように長いチューブを通してお菓子をスライドさせてくれたり、2階から投げてくれたりする。子供達は興奮しすぎて、終始瞳孔《どうこう》が開いていた。

こういったイベントごとは、冬に集中している。ハロウィンが終わればクリスマスがやって来るし、クリスマスの後はバレンタイン、そしてイースターがやって来る（長く暗い冬を楽しむために、バンクーバーの人たちは、冬のイベントに精を出す）。

日本では、クリスマスイブやバレンタイン、ハロウィンまでもが大人のイベントになりつつあるが、こっちでの主役は、依然子供たちだ。大好きな恰好をして、夜の街を友達と歩き、いや、ほとんど走り、たくさんのゴースト達に出会って、バケツに入りきらないほどのお菓子をもらった夜のことを、Sはきっと忘れないだろう。

自分が小さい頃にはそもそも、ハロウィンを祝う習慣なんてなかった（イースターのエッグハントに至っては、渡加するまで知らなかった）。バレンタイン・デーは残念ながら好きな男の子にチョコレートを渡すだけのイベントだったし、クリスマスはそこそこ楽しみだったが、こっちのようにあらゆる人からいくつもプレゼントをもらうようなことはなかった（もらったプレゼントは、クリスマスツリーの下に置いて、当日まで我慢することになっている）。

思い出すのは、夏祭りと正月だ。

夏祭りの日には、いつも行くスーパーの前の広場が、魔法のように魅力的な場所になった。

私は金魚すくいが得意で、いつかの夏祭りでは、店のおじさんから、「もう勘弁してくれ」とストップがかかるほどだった。かき氷はシロップを全色混ぜてもらって、友達と染まった舌を見せ合った。それぞれの色はカラフルなのに、全てを混ぜたかき氷を食べた舌は、どす黒い緑色になった。夜歯を磨くと、歯ブラシがその色で染まった。

りんご飴《あめ》は、いつも姫りんごではなく、大きな方を買った。でも、一度も食べ切れたことはなかった。たこ焼きと焼きそばは友達と割り勘で買って、交互に食べながら、やはり割り勘したラムネで流し込んだ。ラムネの瓶の中に入っているビー玉がどうしても欲しくて、でも取れなくて、みんなで瓶を割った。割れたラムネの瓶が散乱した公園で、私たちはいつまでも話をした。

正月には、家族でいつも同じ神社に初詣《はつもうで》に行った。1年に1度達磨《だるま》を買うのが我が家の習慣で、両親の部屋にはたくさんの達磨達が並んでいた。黒目をどこに入れるかで、一つ一つ微妙に顔が違った。小さな頃は、お気に入りの達磨があった気がするが、いつしかどれだったか分からなくなった。

母方の親戚と集まるのも恒例で、いつも父が、母方の祖父であるマサタロウにもらった着物を着て行った。母は、父が泣いているのを見たのは、彼が亡くなった時だけだと言っていた。自分の両親が死んだときも泣かなかった父が、彼の葬式で、くずおれるくらい泣いたのだと。父は毎年酔っ払うと、母の3人の兄に、着物のことを自慢していた。

「この着物、親父さんにもらったんですわ。」

祖父が死んだのは、私が生まれる前だ。肺がんだった。背が高く、とてもハンサムな人だったそうだ。温厚だったが、プロレスが大好きだった。当時の府立体育館に母の兄3人と、よく観戦に出かけた。力道山が大好きで、彼の試合を見るときだけは興奮して叫んでいたと言う。生きていたら、彼とプロレスの話をしたかった。

彼だけではない。祖母のサツキとも、もっと話をしたかったし、父方の祖父母であるウキオとも、カナエとも、話したかった。

ウキオは、祖父母の中で唯一長生きした人だ。94歳で亡くなった。習字が得意で、家の蔵に自ら「草の根美術館」と名付けたギャラリーを作っていた。仲人をしたカップルは100組を超え、いつも誰かに会うために大忙しだった。80を超えても車を運転し、結構なスピードを出すので、よく嗜《たしな》められていた。

名の通り、どこかふわふわと自由な人で、その分、私の父はヒヤヒヤしたようだ。彼から何度も金の無心があった。でも、「庭の木を植え替えたい」とか、「習字の半紙が必要だ」とか、なんだか子供のような理由をつけてくるので、父も苦笑いをしていた。年を取ってからは特別養護老人ホームに入ったが、毎日のように誰かが訪ねてきたという。最期は大好きなビールを飲んで、刺し身を食べて、そのまま眠るように亡くなった。

小さな頃は、毎年夏に田舎に帰ると、真っ黒に日焼けしたカナエが、スイカを用意して待ってくれていた。彼女はとても優しく、我慢強い人だった。

母が初めて父の実家に赴いた時、家から二人の女性が出てきた。一人はカナエで、一人は曽祖母のイヨだったのだが、どちらが父の母親か分からなかったそうだ。それほどカナエは老け込み、すっかり腰が曲がっていた。背が高く、矍鑠《かくしゃく》としたイヨと比べて、とてもとても小さかったそうだ。

嫁いだ頃は、イヨや義姉にいじめられて苦労した。家族全員分の風呂を薪で沸かし、自分が最後に入る頃には誰も温めてくれないので、湯がすっかり冷めていた。ウキオは自分の味方をしてくれなかった。そんな中で、カナエは父を含めた4人の子を産んだ。子供たちを連れて山を越え、里帰りするときだけが唯一の楽しみだった。そして彼女は、長男の嫁である私の母には、その苦労を絶対に引き継がなかった。

「こんな苦労をミヨコにはさせともない。」

そして実際、父と母が喧嘩《けんか》したときは、絶対に母の味方をしてくれた。

彼女は私が8歳、カイロにいたときに子宮がんで亡くなった。彼女が入院した時、一時帰国した私たちがお見舞いに行くと、

「小さい子供にはこんなとこはつまらんじゃろ。」

そう言って、いつも私たちを帰そうとした。彼女は、末期のがんを患ったことも理解していた。延命治療を拒み、すべて「のさりごと」（なされごと）だと受け入れていた。

私の東京の家の仕事部屋に、カナエの写真が飾ってある。嫁入り前の、若い頃の彼女の写真だ。胸のすぐ下で帯を締め、黒い髪を後ろで縛っている。恥ずかしそうな顔でこちらを見つめている、ふっくらとしたその少女には、様々な未来があったはずだ。誰かが沸かした温かな風

呂に入り、自分のやりたいことをする未来が。

あなたは少し消されて、存在や自信や自由の幾許かを奪われるかも知れない。あなたのいろいろな権利も、押し流されるように失くなってしまうかも知れない。体にも侵入されて、その一部が奪われ、自分のものでなくなるかも知れない。拭い去るようになにもかも消されてしまうかも知れない。そんな可能性のすべてが、どれ一つとして自分に縁遠いものとは思えなかった。女であるがゆえに誰かの身に振りかかった恐ろしいことは、あなたの身にも起こり得た。女であるがゆえに。仮に殺されはしなかったとしても、あなたの中では殺されていたのだ。あなたの自由や、対等であることや、自信の感覚が。

——レベッカ・ソルニット『私のいない部屋』

2　猫よ、こんなにも無防備な私を

ある日、夫が腹痛を訴えた。

脂っ気の多い食べ物を食べたので、胃がもたれたのかと思っていたら、深夜に我慢ができないほど痛くなってきて、のたうち回ったと言う。翌朝、彼は救急外来に行った。医師に診てもらえるまでに8時間ほどかかった。結果は胆石《たんせき》だったそうだ。手術するかどうかは、次回の診察で決めようと言われたらしい。痛み止めを飲んで落ち着いたものの、夫の調子はもちろん悪そうだった。

それが始まりだった。

数日後、深夜にSが「頭が痛い」と訴えた。それが「耳が痛い」に変わった。おそらく中耳炎だろうと思ったが、頭痛が怖くて、家族で救急病院に行った。最初に行った病院は22時までの診療で、次に行った病院は18歳以上しか診てもらえなかった。

小児病院に着いたときは、深夜1時を過ぎていた。待合室にはたくさんの子供たちがいた。壁に大きな海のスクリーンが転写され、アニメの魚が泳いでいた。子供たちはそれを追いかけ、アイスクリームをもらってご機嫌な子もいた。全体的に、子供よりも親の方が病気のように見えた。

受付でSの熱を測り、鎮痛剤をもらった。そして、ベンチで待った。長丁場になるのは覚悟していた（例えば友人は、子供を連れて救急外来に行くのに慣れていて、子供が熱を出したらコーヒーをポットに詰め、おにぎりを握るそうだ）。院内には売店などなく、深夜に開いている店もない。

私たちは、Sの好むお菓子を持ってきた。Sは夫の膝の上でそれを食べた。鎮痛剤で、耳の痛みはひいているようだった。数時間待ったが、呼ばれる気配は全くなかった。私たちの前に座っていた14歳くらいの女の子は、母親の膝に頭を置いて泣いていたが、やがて眠ってしまった。

ここにいるのは、抗がん剤治療中の身には辛かった。免疫も弱くなっているので、感染も怖かった。ここからは、一人で待つから、と、夫がタクシーを呼んでくれた。やって来たタクシーに乗ると、一気に疲れが出た。シートに沈み込んで、このまま眠ってしまいたかった。なのに、家に帰ると眠れず、結局明け方まで起きていた。

夫がSと一緒に帰って来たのは、朝の9時だった。Sは待合室で、持って行ったおやつをあらかた食べ尽くし、診察に呼ばれたベッドで（ここから医師に会えるまでが、また長いのだ）、ぐっすり眠っていたそうだ。救急外来では、緊急性を見られるので、調子の良さそうなSは後回しにされたのだろう。耳の中が少しだけ炎症を起こしていたらしい。泣いていた女の子は、帰るまでにすっかり元気になっていたそうだ。

夫は、数年ぶりに完徹した、と言って、ぐったり疲れていた。元々体調も悪かったから、なおさらだろう。かわいそうだった。

数日後、Sのサッカー教室へ向かう途中、事故に遭った。

左折レーンに入ろうとしたのだが、後ろから来ていた車に気づかなかった。ケモブレインだったのかもしれない。ケモブレインは、抗がん剤による副作用の一種だ。治療中、または治療後、一時的に記憶力や思考力、集中力が減退すると言われる。私も、日によるのだが、言葉が出てこなかったり、なんだかずっとぼんやりして考えられない時間があった。そんな時に車を運転するのは危険だ。分かっていたはずなのに、油断していた。

車の左前面がへしゃげ、相手の車は右側にこすったような傷がついた。すぐに保険会社に連絡を取って、車を修理に出した。幸い、私たちにも、相手方にも怪我はなく、やりとりも和やかに済んだ。でも、私は一連のことで、ほとほと疲れ切ってしまった。

10月18日　山本文緒さんが亡くなった。膵臓がんとのことだった。山本さんにはお会いしたことがない。お会いしたかった。新作を読みたかった。

ある日、エキがご飯を食べていないことに気づいた。

一日のほとんどを寝て過ごす彼だが、それにしてもずっと寝ているな、と思った。何より、ご飯になれば目の色が変わる彼が食べていないのはおかしかった。食べていないから、排便もない。かかりつけの動物病院に電話したら、「排便を促す薬を処方するから飲ませて。3日出なかったら救急に行って」、そう言われた。便は出なかった。待ち切れず2日目で救急に行ったとき、はっきり分かるほど、エキはぐったりしていた。いつもはケージに入れるときに激しく抵抗するのに、おとなしくされるがままになっていた。

救急病院で血液検査をしたところ、肝臓の数値が悪く、緊急入院することになった。看護師に連れて行かれるエキを見送ってから、私はしばらく車の中にいた。なかなかエンジンをかけることが出来なかった。色んなことが重なって、エキに注意を払ってやれなかった。きっと、ずっと前から具合は悪かったのだ。猫は、体調が悪くても、飼い主にそれを隠すという。もっと早くに気づいてやれば。ハンドルを握る私の指の爪が、どす黒くなっていた。それも、抗がん剤の副作用だった。

エキに出会ったのは、12年前の夏だ。私は新宿にいて、友人から、ある連絡を受け取ったところだった。

「Kが死んでん。車で海に突っ込んだんやって。」

Kは年上の友人だった。大阪でアパレル関係の仕事をしていたが、離婚を機に一人で南の島に移住した。私は、友人と何度か彼の家を訪ねた。彼は南の島で、幸せそうに暮らしていた。

もともと、海が大好きな人だった。素潜りでどこまでも潜ってゆけた。だから彼が海で死んだことが、私には信じられなかった。嵐がやって来た日、ブレーキをかけずに海に突っ込んだのは、事故ではなかった。自死を選んだのだった。

私は、家に帰ろうと新宿駅に向かっていたところだった。電話を切ってから、電車に乗るのはやめた。家まで1時間半ほどの距離を歩いた。日は翳《かげ》っていたが暑く、私の額から、汗がポタポタと流れ落ちた。

家まであと20分ほどのところで、猫の鳴き声が聞こえた。通行量の多い道だったが、はっきり聞こえた。それぐらい、大きな声だった。

「ぎゃぁあああああ、ぎゃあああああああああ!!」

声はすぐに辿《たど》ることが出来た。歩道橋の下、フェンスで囲いがしてある空間に、ちょっとした草むらがあった。様子を見ていた初老の女性が、振り返って言った。

「そこに子猫がいるのよ。どうしたらいいかしら。」

女性に頼んで子猫を見張ってもらった。その間に向かいにあったホームセンターに入り、水とキャットフードを買ってきた。戻ると、女性がオロオロした様子で、私を呼んだ。

「手を出したら逃げちゃって。」

歩道橋の隣にある、丸ノ内線の車庫に逃げ込んだという。車庫のような広い場所であったら、見つからないのではないか、そう思ったが、やはり声が聞こえた。どうやら、車庫に併設されている社員寮の敷地に逃げ込んだようだった。

インターフォンを押し、事情を話して中に入れてもらった。猫は、逃げているくせに、まるで自分の居場所を知らせるかのように、大声で叫んでいた。

ぎゃああああああ、ぎゃあああああああ
きっと母猫を呼んでるんだ、そう思うと、胸が詰まった。

猫は、寮の外にある物置の下に逃げ込んでいた。スマートフォンのライトで照らすと、チャトラの子猫が、こちらを睨《にら》んでいた。手を伸ばすと逃げ、今度は寮の中に逃げ込む。社員に断って入らせてもらうと、お風呂上がりの寮生がタオルを巻いたまま、一緒に猫を追いかけてくれた。とうとう、掃除道具入れの中で子猫を捕まえた。子猫は、爪で私を思い切り引《ひ》っ掻《か》いた。持っていたエコバッグに入れる間も、子猫はずっと叫んでいた。

ぎゃあああああああ、ぎゃあああああああああ
家に連れて帰って、段ボールを組み立てた。そこに入れて、少し様子を見た。やはり、ずっと叫んでいた。私が姿を見せると、シャーっと威嚇《いかく》する。ガリガリに痩せ、糞便にまみれながら、彼は私と戦う気満々だった。戦って、生きる気満々だった。

動物病院に連れて行って、点滴をしてもらった。大量のノミに噛まれていて、触ると、手のひらに黒いノミの糞がべっとりついた。点滴は、彼が自力でご飯を食べられるようになるまで、毎日続けましょう、と獣医が言った。

私は彼に名前をつけなかった。この子は死ぬんだと思いながら世話をした。どうせ死ぬのなら、暖かい場所で死になさい、そう言い聞かせた。

だが、彼は死ななかった。点滴で徐々に太り、ノミ取りをして血液の数値も安定するようになった。糞はずっと液状だったが、医者で処方された粉ミルクなら、私の指から直接舐《な》めて飲むようになった。威嚇するのはやめ、私がそばに寄った時ではなく、離れると、ぎゃーっと叫ぶようになった。私が抱くと、喉をぐるぐる鳴らした。

私はそれでも、彼に名前をつけなかった。

以前、別の猫と一緒に暮らしていた。白い体に焦げたような模様があったので、モチという名前だった。彼は心筋症で亡くなった。亡くなる瞬間まで苦しんだ。まだ3歳だった。その時の悲しみを思い出すと、私は猫と一緒に暮らすことなど出来ないと思った。彼らとの生活が幸せであればあるほど、別れは耐え難いものになる。

それなのに、マンションを購入する際、私は「ペット可」物件を探していた。猫を積極的に探す気はなかったが、もし、万が一、どこかで出逢ってしまった場合は例外だと、自分に消極的な言い訳をしていた。

そんな時、雑誌の「ユリイカ」の企画で、角田光代さんと対談した。猫についてだった。ひとしきり猫の素晴らしさについて語った後、角田さんに、

「西さんはもう猫と暮らさないの？」

そう聞かれた。積極的に探す気はないが、もし出逢いがあったら、ということを伝えると、

「西さんはすぐに出逢う気がするよ。」

そう言った。角田さんには、何か不思議な力がある。実際、その数週間後に、この猫に出逢

った。ガリガリに痩せ、ノミと糞便にまみれ、それでも全身全霊で生きようとしていた、小さな猫に。

私は再び、この子を失うことを怖がっていた。私は過剰なほど自分を律した。すべての予定を断って家にいて、彼の世話ばかりしていたが、それでも心は明け渡さなかった。

ある日、彼が私の膝に登ってきて、何かを訴えた。もしかして、と思い、容器にご飯を入れたら、においを嗅《か》ぎ、それを一口食べた。それから、止まらなくなった。あっという間に全てを平らげた彼は、再び私の膝に乗って叫んだ。もっとくれ、と言っていた。その時、私はこの猫に名前をつけることを決めた。電車の車庫で見つけたから、エキにした。その数日後、彼は初めて液状ではない、立派なウンチをした。

エキは、日本からはるばるバンクーバーまでやって来た。機内に小型のペットを持ち込めるエア・カナダで予約を取り、検疫の準備をした。日本は、狂犬病のない国なので、出国は比較的簡単だ。マイクロチップを埋め込み、狂犬病の検査と予防注射をして、書類をしかるべき機関で英訳してもらえばいい。

問題は、日本に帰国するときだ。狂犬病予防接種の追加接種の他、血清《けっせい》を指定のラボに送らなければいけない。そこで抗体値検査をして、その結果が出てから、約6ヶ月間以上の待機となる。抗体値検査の結果は2年間有効だと聞いた。バンクーバー滞在が2年間の予定だった私は、あらかじめ日本で全ての手順を終えておいた。そうしておけば、帰国するときの検査も最小限で済むと思ったのだ。分からないことがあれば、成田空港の動物検疫所にメールを送り、指示を仰いだ。彼らはとても丁寧に、的確に答えてくれた。

バンクーバーに向かう飛行機の中で、エキは大人しくしていた。時々トイレに連れて行き、ケージから出した。便座に座って彼を抱き、体を撫《な》でて、水とおやつを与えた。ケージの中にペットシートを敷いておいたのだが、緊張していたのか、一度もおしっこをしなかった。

2019年12月6日、私たちはバンクーバーの自宅に着いた。

エキは半地下の部屋に落ち着くことになった。外は寒かったが、セントラルヒーティングと呼ばれる、全館集中暖房装置があって、家中が暖かかった。最初の一日は、どこかに隠れて出てこなかった。でも、徐々に慣れてきて、少しずつ家の中を探検するようになった（最上階のバスルームまでやってくるのに、随分時間がかかったが）。

彼は、自分が今、バンクーバーにいることは知らないだろう。家から出したことはないし、一日をほとんどベッドの上で過ごす。犬だったら、一緒にバンクーバーの街を楽しめたのにな、と、時々思う。バンクーバーの犬は、とても楽しそうだ。ビーチを走ったり、海に飛び込んだり、キャンプに行ったり、窓を開けてドライブを楽しんだり、とにかく家族の一員として愛されている。

バンクーバーで、私はペットショップを見たことがない（ドイツのように、まだ法で禁止にはなっていないそうだが）。皆、保護シェルターに行って、しかるべき値段で猫や犬を譲り受ける。その際にも厳格な審査がある。職員が実際に家まで見に来て、猫や犬たちにとって適切な環境かチェックするのはもちろん、例えばカップルで住んでいる場合、別れた時にどちらが彼らを引き取るのか、というようなことまで聞かれるそうだ。その審査を通して、適格でないと判断された人は、引き取ることが出来ない。

動物病院の医師や看護師も、皆とても熱心で優しい。エキが入院した病院は、最新の設備を備えていて、対応もとても丁寧だった。私は出来るだけ毎日、エキに会いに行った。車で40分ほどかかった。ケモブレインが怖かったので、体調のいい時間を選ばなければならなかった。

エキは、いつも看護師に連れられて面会室に来た。お腹の毛を剃られ、腕に包帯をまかれ、鼻にチューブを入れられている姿は、とても痛々しかった。二人きりにしてもらって、私は彼を膝に抱いた。体を撫で、何度も言い聞かせた。君はここでは死なない。こんなに怖いことは、今回でおしまい。君は、うんとうんと長生きをする。

運転が不安な時や、体調が悪い時は彼に会いに行けなかった。そんな日は、家で医師と電話で話した。彼らは、私が行く行かないにかかわらず、毎日連絡をくれた。

レントゲンやエコーの結果、幸いにも手術が必要な状態ではなかった。とにかく投薬で数値を下げ、喉にチューブを通して、そこから療養食を与えることになった。

「残念ながら彼は、食事に興味を示しません。」

そう、医師は言った。

ある日、エキに会いに行くと、彼の両目の瞳孔の大きさが全く違っていた。明るい部屋の中、左目は適切に細いのに、右目は大きなまん丸になっていた。医師が、これはトキソプラズマ症の症状だと言った。寄生虫に感染することによって起こる病気で、エキのような完全な家猫には非常に珍しいという。しかも、血液検査の結果、抗体が見つからなかったらしい。不思議だ、と彼は言った。とにかく点眼をして、最善を尽くすと言う彼の言葉を信じるしかなかった。帰ろうとしたら、エキは、私の膝の上で大量におもらしをした。エキのおしっこは、とてもあたたかかった。

毎日、エキのために祈った。一人で病院にいる彼のことを思うと、胸が痛くなった。そしてそれは実際の痛みとなって、ある日私を襲った。

半地下で、洗濯物を畳んでいた時だった。胸に、ドンっという衝撃があった。何か大きなもの（象の足のようなもの）に、胸を踏まれたような感じだった。それから、息が出来なくなった。息を吸おうとしても喉が細くなって、うまく吸えない。四《よ》つん這《ば》いになって、自分を落ち着かせようとした。そうしているうちにも、胸の圧迫感はひどくなり、私は床に俯《うつぶ》せで倒れこんだ。

上階では、夫とSが、登園の準備をしていた。Sを怖がらせたくなかったので、なるべくいつも通りの声で夫を呼んだ。夫は私の姿を見て、大きな声を出したが、すぐに私の意図を察して、努めて冷静に対処してくれた。

救急車を呼ぼう、夫がそう決断すると、急に息が吸えるようになった。息が吸えると途端に落ち着き、心臓の痛みも去った。救急車は呼ばなかった。夫は通常通り子供をデイケアに届け、私はしばらくベッドで横になった。ストレスで、パニックアタックが起こったのだった。心臓に手を置いた。鼓動がいつもより速く、不規則だった。

エキの入院は、8日間続いた。数値は徐々に下がって、瞳も元に戻った（結局医師も原因が分からなかったという）。喉のチューブをつけたままなら、退院も可能だと言うので、もちろん承諾した。その時点で、エキの入院費は信じられないほど高額になっていた。

そんな最中に、前半の12回の抗がん剤投与を終えた。看護師たちは皆、私を労《ねぎら》ってくれた。

「カナコ、おめでとう！」

でも、私は祝う気持ちにはなれなかった。

エキの退院の日は、私の後半の抗がん剤治療の初日だった。今までは毎週の投与だったが、これからは2週間に1度の投与となる（3週間に1度の投与のはずだったが、私の反応がいいので、期間が早まった）。カルボプラチンとパクリタキセル2種類のときは3時間ほどかかっていた投与時間も、ドキソルビシンとシクロホスファミドの2種類では、1時間ほどで済む。ドキソルビシンはピンク色の薬だった。点滴のように吊るして投与するのではなく、看護師が、大きな注射器を持って、そこに繋がれた管から血管に注入する。初めて会った看護師が、何度か針を刺すのを失敗した。

「うちって、針刺す運がないんよね。」

彼女は、そう言って肩をすくめた。それって看護師として致命的ちゃうの、と思ったが、言わなかった。投与後トイレに行ったら、赤いおしっこが出た。

帰宅後、急に体が重くなった。地面の下に沈み込むような重さだった。なんとかベッドにたどり着き、倒れ込んだ。ベッドでも、やはり沈み込むような重さを感じた。そうしている間に、夫とSが帰ってきた。Sを家に置いて、夫にエキを迎えに行ってもらう手はずだった。夫は調子の悪い私を心配していたが、エキに早く帰ってきて欲しかったので、すぐに出発してもらった。

Sは上階で、大人しく遊んでくれていた。でも、私は自分の体調がどんどん悪くなっているのが不安だった。Sの様子を見に行こうとベッドから立ち上がろうとしても、膝に力が入らず、ベッドから降りることもままならなかった。

ノリコ、マユコ、チエリ、トモヨでやっているグループLINEで、「誰か家に来てほしい」と頼んだ。メッセージを打ちながら、手も痺《しび》れていることに気づいた。みんなから「行くよ」と、すぐに返事が来た。結果、ノリコとデヴィッドが、ソラを伴って来てくれた。安心した途端、私は吐いた。抗がん剤治療を続けてきて、初めての嘔吐《おうと》だった。Sは、思いがけない時間にソラが来てくれて、とても嬉しそうだった。みんなの笑い声が、上階から聞こえた。

夫と共に帰ってきたエキは、部屋に入った途端、布団の中に潜り込んだ。私の足の間に挟まり、じっとしている。落ち着くまで、しばらくそっとしておいてやろうと思った。というより、私が何も出来なかった。

翌朝、改めてエキの様子を見た。首にクッション製の首輪が巻かれ、喉からチューブが飛び出していた。チューブの先には小さな蓋がついていて、開閉出来るようになっている。自力で適正な量を食べられるようになるまでは、そこから給餌《きゆうじ》しなければならない。給餌には、大きな注射器のようなものを使う（まさに、私の抗がん剤の投与に使われていたものと同じくらいの大きさだった）。療養食のウェットフードを水と一緒にミキサーにかけ、ドロドロにして投与した。一気に入れすぎると吐いてしまうので、一度の給餌に30分ほどの時間をかけなければならなかった。エキはそれをとても嫌がって、何度も逃げようとした。給餌は、夫と二人掛かりでの作業だった。

給餌以外に、数時間おきに薬の投与もしなければならなかった。薬は全部で5種類ほどあって、それぞれ、投与する時間が違った。深夜に夫に起こしてもらい、一緒に投薬した。私が起き上がれないときは、夫がなんとか一人で投薬してくれた。いずれ慣れて、私一人で出来るようになるまで、投薬はみんなにとってストレスだった。それでも、エキが家にいてくれる時間を手放すことは考えられなかった。

その間、バンクーバーは、ずっと雨が続いた。本当に、毎日、毎日、雨だった。太陽の光を浴びないので、体内で生成されないビタミンDのサプリメントを毎日飲み、日本を去る際に、友人のリョウとクニヒコがくれた人工の日照器を毎日浴びた。それでも、劇的に元気になることはなく、朝起きるたびに目にする曇天と雨粒に、いよいよおかしくなりそうだった（カナダ人の友人ですら「今年はマジでしんどい」と漏らしていた）。

私は言い続けた。こんな嫌なことはもうおしまい。こんな苦しいことはもうおしまい。途中から、エキに言っているのか、自分に言っているのか分からなくなった。

与えられるものはまた奪われるかもしれない、いつ何時でも。残酷な打撃がすぐそこで、

貴重品箱のなかで、ドアの陰で待ち構えている、いつ何時飛びかかってくるやもしれないのだ、泥棒や追剝みたいに。うまくやっていこうと思うなら、決して隙を見せないことだ。自分は安全だなどと考えないこと。子どもたちの心臓が鼓動して、乳を飲んで、息をして、歩いてしゃべって笑って口げんかして遊んでいるのを、当然だとは思わないことだ。一瞬たりとも忘れてはいけない、いなくなってしまうかもしれない、奪われるかもしれないのだということを、あっという間にアザミの綿毛みたいに飛んでいってしまうかもしれないのだということを。

――マギー・オファーレル『ハムネット』

後半のAC療法は、白血球の数値を著しく下げる。

そのため、人工的に白血球の量を増やすための注射を打たなくてはならなかった。フィルグラスチムという薬を、治療後最低24時間空けて毎日、計6日間、自分で打つのだ。

注射の指導は、初回の投与後、3日経《た》った日に予定されていた。体調がとても悪かったが、吐き気止めを飲んで、なんとか病院に行った。がんセンターで、看護師のユンが、注射の用意をして待っていた。

「今日はフィルグラスチム持ってきた？」

「え？　持ってきてない。ていうか、まだ薬局にも行ってないし、そんなこと言われへんかったよ。」

「あれ？　抗がん剤投与後3日目から打たなあかんことになってるんやけど。」

「え？　つまり今日ってこと？」

「そう。」

「それは……どうしよう。」

「なんでやろ？　先生は処方箋送ったって言うてた？」

数日前、ロナルドとは別の医師から電話がかかってきていた。彼女は、ロナルドが家庭の急用で休んでいるので、代理で電話している、と言った。その際に、吐き気止めのオンダンセトロンとデキサメタゾンの処方箋と、フィルグラスチムの処方箋を薬局に送ると言っていた。でも、高額なフィルグラスチムだけは、補助を受けられるかどうかの審査があるので、医療上の質問に私が答えてから処方される、とのことだった。

質問に関しては、Aという別の機関から連絡があった。投薬に関する補助金を決定する機関らしく、それはがんセンターとは別なのだった。結果、私は補助の対象になったのだったが、処方箋は医師からではなく、Aから薬局に直接送られると言う。吐き気止めを処方してくれる薬局と同じ薬局に送ってくれ、と伝えたのだが、フィルグラスチムの在庫があるか分からないので、確実に在庫がある薬局に処方箋を送ることにした方がいい、と言われた。

なんかややこしいな、と思った。そして、そんな風に思うときは、たいていうまくいかない。実際、Aの人に、フィルグラスチムを病院に持って行って、とは言われなかった。

ユンは言った。

「今日はそれで練習するはずやってんけど……。まあええか、じゃあ、後で薬局でもらって。今回はこれで練習しよう！」

ユンは、皮膚の模型を持ってきた。人工の皮膚を消毒し、針を差し込むのだ。針は、思ったより深く刺さなければならなかった。投薬が終わると、針が自動的に上がることになっているから「簡単だ」とユンは言ったが、自分で出来る気がしなかった。でも、やらなければならないのだった。

帰り道、Aが指定した薬局に寄った。名前を告げると、私宛の薬はないと言う。

「フィルグラスチム、という薬で、今日から投与しないといけないんです。」

私が必死で訴えると、丁寧に調べてくれた。でも、戻ってきた彼は、申し訳なさそうに言った。

「残念ながら、届いていません。」

薬局で、私は声を出して泣いた。

私はなんでいつも自分がこんなに弱いのかわからなかった。なぜ私には恩恵や力を呼び起こすことができないのか。なぜこんなにも無防備なのか？　この世界で他の人たちに降りかかる危険から私を遠ざけるための壁はないのだろうか？

――ジェニー・ザン『サワー・ハート』

チエリが、セージのお香を持って家にきてくれた。

これに火をつけて焚き、煙で空気を浄化すればいいと言う。

「盛り塩もするといいよ！」

チエリは、マユコと同じように20代でバンクーバーに留学しにきた。そこで夫のブラッドと出会い、結婚し、タイラーという子をもうけた。タイラーは日本名をコウスケと言い、みんなの人気者だった。身体能力が高く、とことんまでひょうきんで、何より優しい。特にSにとって、2歳上のコウスケは憧れのスーパースターで、彼がやることをよく真似《まね》していた。

ブラッドは生粋のバンクーバー人だ。背がうんと高く、手足が驚くほど大きい。その大きさに見合う心のやさしさを持っていて、いつも冗談を言って私たちを笑わせた。

「これで悪いものを寄せつけないようにするんだよ！」

チエリが持ってきてくれたセージだから、効く気がした。彼女は、誰にでもオープンマインドで好奇心旺盛、まるで向日性のある、大輪の花のような人だった。

家中に煙を蔓延させ、どうか悪いものから守ってください、と祈った。盛り塩は、ヒマラヤの塩で作った。玄関に小さな、ピンク色の山が出来た。

フィルグラスチムは、結局、予定から1日遅れての接種になった。あらゆる場所に電話して、留守電を残し、薬局にも何度も足を運んで、やっと手に入れたのだった（結果、Aの担当者が薬局のFAX番号を間違えていたのだった）。

6本のフィルグラスチムは、冷蔵庫で保存した。冷蔵庫から1本取り出し、自分の部屋へ持ってゆく。パンツを脱ぎ、椅子に座る。太ももをコットンで消毒すると、消毒した部分が、スッと冷えた。肉をつまんで、息を吸った。思い切って針を刺す。プツ、という抵抗を感じたが、針は太ももに深く刺さった。押子を押すと、薬液が注入された。太ももが痛んで、またスッと冷えた。注入し終わって指を離すと、本当に針が自動的に上がった。カシャン、と音がした。と同時に、血が出た。血は丸く、みるみると膨らんできた。新しいコットンでそれを押さえ、しばらく深呼吸をした。太ももがズキズキしたが、これが適切な痛さなのかどうか分からなかった。

パンツを穿いて振り返ると、エキがベッドの上で眠っていた。彼の喉には、まだチューブが刺さったままだった。

12月11日　ラジオを聞いていると、アルバータ州で医療崩壊が起こっているという。COVID-19のために、5000件の手術のキャンセルがあったそうだ。キャンセルされたうちの一人が、インタビューに答えていた。彼はステージ2のがんだったが、手術を待っている間に全身に転移していたという。それがブリティッシュ・コロンビア州で起こっていたら。自分の身に起こっていたら。

ロナルド医師には、数週間に1度会った。

医師は皆忙しく、簡単な問診や状況の説明は、彼らに会う前に、インターンの医師がしてくれることになっていた。毎回違うインターンがやって来たが、いつも若い女性だった（出会ったインターンの男性医師は、針生検の時のマークだけだ）。皆明るく、カジュアルな服を着ていて、医師と言われないと、そうだとは分からなかった。

その日は、ユキエ、という日本語通訳の方がついてくれた。医師との面談には、無料で通訳がつく。何人か違う人も来てくれたが、私の担当はたいていユキエだった。彼女はいつも、私の病状について独自に調べた情報をプリントアウトして持ってきてくれた。ロナルド医師が少しでも曖昧なことを言うと、私の代わりに鋭い質問をしてくれ、彼が私に渡すべきレターを忘れたときは、彼の部屋まで乗り込んで取ってきてくれた。私はユキエのことが大好きだった。彼女は、どこか私の義母に似ていた。甘ったれておらず、さっぱりとしていて、優しい義母に。義母にも、もう2年会っていなかった。

その日、私の担当をしたのは、アダというインターンだった。豊かな黒髪を垂らして、雫形のキラキラ光るイヤリングをしていた。私はその日、ロナルドに、薬局との連絡を徹底してくれ、そう訴えようと思っていた。フィルグラスチムを手に入れるのに、私がどれだけ苦労したかを、薬局のカウンターで泣いてしまったことを、伝えるつもりだった。

ユキエが、一通りのことを通訳してくれると、アダは、

「それは大変やったなぁ！」

と、明るく言った。

「でも、とにかく電話しまくったのはいいと思う。それで手に入ったんやんな？　よかったや

ん！」

えらい他人事やな、と思った。これは「あなたたち」の不備ではないのか、と、少しカチンときた。でも、この「カチン」は、とても日本的なもので、そして無意味なものなのだと、私はバンクーバーに来て知っていたはずだった。

例えばお店に行って、何かしらの不良品を買ったとする。日本だったら、店員が何をおいてもまず謝るだろう。

「申し訳ございません。」

でも、カナダの店員は謝らない。

「あ、そうなんや、交換する？」

その程度だ。

何故ならそれは「店」の不備であって、自分の不備ではないからだ。飛行機の発着が遅れても、バスのタイヤがパンクしても、コーヒーメーカーが壊れてコーヒーがサーブできなくても、それは会社・店側の責任であって、いち社員・いちアルバイトに過ぎない自分の責任ではない。彼らはその態度を徹底していた。

会社や組織を代表して自分が謝る、という観念が、こちらの人にはないのだと思う。何故なら彼らには、彼らの給料に見合った仕事がある。自分達の仕事を全《まっと》うしている限り、彼らに責任はないのだ。

例えば、私がよく行くスーパーでレジ打ちをしている人たちは、レジに人が並んでいない場合、座ってお茶を飲んだり、隣の人とおしゃべりしたり、中にはバーベルを持ち込んで腕の筋トレをしている人もいたりする。でも、彼らがきちんとレジ打ちの仕事を全うしている限り、それに何の問題もない。客がいない時でもずっと立ち、水すら飲まない日本のやり方を思うと、こちらの方がよほど理想的だ、と、私は思っていた。お客さまは神様ではない。彼らは、私たちと対等なはずだ。

そしてそれはもちろん、医師にも当てはまる。アダは、彼女の仕事を全うしている。彼女は裸になった私の胸を触って、

「しこりめっちゃ小さくなってるやん！　やったね！」

そう言って私を励ましてくれた。

別の機関が処方箋を薬局に送るのを忘れたからと言って、それはアダの責任ではない。たとえ病院と薬局の連携がうまく取れていなくても、それはアダが所属している病院の責任であって、アダ自身の責任ではない。アダに謝ってもらったからと言って、事態が変わるわけではないのだ。アダは、医師と薬局の連携について、みんなで話し合う、と言ってくれた。ついでに、

「今どきＦＡＸって、どういうこと？」

そう聞いてみると、彼女は肩をすくめて、

「それが一番確実やねん、今のところ。今、デジタルに移行中やから、手続きも混乱してるんやと思う。」

と言った。

アダが退室して、私はユキエと二人になった。

「日本と全然違うでしょう。」

ユキエが言った。

「はい。もう、ほんまに、全然違《ちゃ》いますね。」

「カナコさん、日本と同じような感覚でいたらダメ。こっちでは、とにかく自分でどんどん聞いて、どんどん意見を言わないと。」

それは、初めてユキエに会った時から、言われていたことだった。

「自分のがんのことは、自分で調べて、医者任せにしないこと。少しでも治療に対して疑問があったら、遠慮なんていらないから、どんどん聞くの。」

私は、自分でがんのことを調べるのが怖かった。ネガティブな情報に当たってしまうのが嫌だったのだ。実際、がん闘病のブログなどは読まない方がいいと言われていた。途中で更新が途絶えているものがあるからだ。

だから、ユキエに言われていたことを、私は実践していなかった。ただ自分の身体を病院に持ってきて、ロナルド医師に見せ、彼らに任せっぱなしにしていた。彼らが私の身体を守ってくれるのはもちろん、私の身体をなるたけ健やかに保つための薬のことも、その他諸々のことも、全て彼らがやってくれると思っていた。

ユキエも、乳がんサバイバーだった。ファミリードクターの不手際で、レポートの到着が遅れ、治療の開始が3ヶ月遅れたそうだ。やっとがん治療の主治医に会えた時、彼に、

「この3ヶ月何していたんですか?」

そう聞かれて、愕然《がくぜん》としたらしい。彼女は、自分でたくさんの資料を取り寄せた。ネガティブなことも、ポジティブなことも残さず読んだ。少しでも疑問を感じたら、どんなに些細《ささい》なことでも、主治医に聞きまくった。怒りを覚えたらそれをはっきりと表明し、自身が納得するまで医師と話し合った。バンクーバー在住40年になるユキエの言葉は、だから、とても重かった。

「自分の身は、自分で守るの。」

そしてその言葉は私に、あることを思い出させた。

抗がん剤治療を始めて、すぐの頃だ。インターンのサラに問診を受ける中で、服用しているサプリや漢方のことについて聞かれたのだった。

「ビタミンとかはいいんやけど、漢方は止めてほしいねん。抗がん剤の効果の妨げになる可能性があるから。」

がんを告知される前から、私は漢方に頼っていた。ノリコの紹介で、ジュリアンという、素晴らしい漢方医に出会ったのだ。漢方はゆっくりじわじわ効く、というイメージがあったが、ジュリアンの漢方には即効性があった。自律神経の乱れからくる頻尿《ひんにょう》に悩んでいた時、彼に処方してもらった漢方を飲んだら、すぐに治った。

抗がん剤治療中も、彼には漢方を処方してもらっていた。抗がん剤で受けたダメージを最小限にし、免疫をあげる助けをしてくれた。ジュリアンの頼りになるところは、東洋医学の知識だけではなく、西洋医学の知識も豊富に持っていることだった。

時々、西洋医学を全面的に否定する人に会う。例えばある鍼灸師《しんきゅうし》に、がんであること、そしてこれから抗がん剤治療を受けるつもりだ、ということを告げると、がんについてこんな説明をされた。

「あなたの体をあなたの家だと思って。がんは、あなたの台所であなたの残り物を食べている誰かみたいなもんなんだよ。あなたの残り物を静かに食べている分には、あなたの生活に支障はないでしょう？　抗がん剤で彼らを攻撃したらどうなると思う？　彼らも自分の身を守るために、あなたに攻撃を始めるよね。」

なるほど、それも一理あると思った。抗がん剤治療を拒んで、食事療法や、東洋医学でがんを治した人もたくさんいる。でも、私は科学者や医師が努力の末に築き上げた最先端の医学のことを信頼していた。バンクーバーにはＵＢＣ（ブリティッシュコロンビア大学）という素晴らしい大学があり、がんのリサーチにかけては世界的なデータを誇る。そのデータに基づいて医療を行っているがんセンターで治療を受けられる（それも無料で！）ことは、私にとって、幸運以外の何ものでもなかった。

そして同時に、悪い部分だけをピンポイントで治療するのではなく、体全体を一つの流れとして観察し、バランスを取って治療してくれる東洋医学のことも信じていた。

ジュリアンは抗がん剤について調べ、私の体調を見ながら、毎週適切な漢方を処方してくれた。精神的な拠り所《よどころ》となっていたので、漢方を止めてくれ、と言われたのはショックだった。だから、正直に伝えた。

「今私は本当に漢方に助けられている。だから止めたくないんです。」

すると、サラは笑った。

「そうなんや、オッケー！」

お願いしておいて、あまりにあっさり承諾してくれたことに、驚いた。え、本当にいいの？と言うと、サラは言った。

「もちろん。決めるのはカナコやで。」

サラは、私の目をまっすぐ見つめていた。

「あなたの体のボスは、あなたやねんから。」

当たり前過ぎて俺ら忘れがちだけれども
人生は一回　たった一回しかないんだ

——田我流&B.I.G.JOE「マイペース」


ランニングウェアに着替えた。その日は、久しぶりの晴れだった。体調は良くなかったが、少しだけでも走りたかった。

ランニングシューズを履き、屈伸をした。道に出て少し走ると、それだけで息が切れた。200メートルほどの距離を走るのに、何度も休憩しないといけなかった。

トラファルガーストリートをゆっくりと下って行くと、海が見えてくる。海に着く頃には疲れ切っていたが、たどり着いただけで嬉しかった。家からたった10分の距離に、30分ほどの時間がかかった。

海沿いを走った。走った、と言っても、ゆっくり歩く速度より遅かった。何人かのランナーが、私を軽々と追い越して行った。私はその度、小さな、でも鋭い寂しさを感じた。がんの治療を始める前、私もたくさんの人を追い越していた。10キロを走るのに、過去最高のタイムを記録してもいた。そしてそれが数ヶ月前のことだとは、とても信じられなかった。追い越した人の中には、今の私のように、歩く方が速いのじゃないかと思うランナーもいた。もしかしたら彼女たちも、抗がん剤治療中だったのかもしれない。そして私に追い越されるたびに、この寂しさを感じていたのかもしれない。

歩く速度で走りながら、私は自分の寂しさを見つめた。寂しさはやはり鋭く、見つめることは痛みを伴った。病気に罹らなくても、いずれこの寂しさと、私たちは対峙しなければならない。老いてゆくとはそういうことだ。昨日まで出来ていたことが出来なくなる。それはある日急に起こったり、いつの間にか始まっていたりする。私たちは終わりに向かって、着実に足を進めている。

途中、トイレに寄って、便器の中に唾を吐いた。口の中がネチャネチャとし、数個出来た口内炎が痛んだ。息が切れ、心臓がドキドキいった。とても、とてもしんどかった。

私はこの、徹底的に弱った体のボスだった。

もし、抗がん剤治療がもう嫌になったのなら、私はそれを拒否することが出来る。例えばそれでがんが大きくなったとしても、自分の命の縁を自分で見届ける権利が、私にはある。そして同時に、より快適に治療を続けるために、白血球の数値を上げたり、吐き気止めを服用する権利もある。そしてそれが適切に処方されなかったら、怒りを表明する権利もあるし、薬局のカウンターで泣く権利もある。それを決めるのは私だ。

こんなに弱っている自分の体を、内側から見つめることが出来るのは、私だけなのだ。

「見せる？　誰に？　ねえ、あんた。わたしには心があるのよ。そして、そのなかで起こったことが。つまり、わたしは自分を持ってるってことよ」
「さびしい、ってことじゃない？」
「その通りよ。でも、わたしのさびしさはわたしのものよ」

――トニ・モリスン『スーラ』

そして考える。生きている――過去も現在も未来も含め――というのをどういう意味だと考えるにせよ、自分が置かれていた無力な状態あるいは無知な状態の深みから抜け出して水面に顔を出す瞬間ほど、人が生きていることはない、と。

――アリ・スミス『冬』

エキが、ご飯を食べるようになってきた。

手のひらに置いて、口に持ってゆくと、においを嗅いで、口に入れる。最初は大好きだったカツオのおやつを少しだけ、それから、茹《ゆ》でたささみを少しだけ。食べることを思い出してくれただけでも、大きな進歩だった。口から食べるようになると、少しずつだが、ボロボロだった毛に艶が戻ってきた。

何日かに1度、彼を病院に連れてゆき、血液検査をしてもらった。肝臓の数値も下がり、あとは、彼の食欲の回復を待つだけになった。

彼がドライフードを食べる音を聞いたのは、明け方だった。

カリ、カリ、カリ。

その小さな音を、自分がどれだけ心待ちにしていたか、その瞬間に分かった。私は泣いていた。小さな頃の彼を思い出しながら、泣いた。液状の糞をし、点滴で生きていたあの頃の彼が、初めてご飯を自らの意志で食べた時のことを思い出していた。彼は、生きる決意をしたのだ。

そこからの彼の回復は、目覚ましいものだった。ご飯を全て平らげ、水をたくさん飲み、綺麗なおしっことうんこをした。続けていた投薬も、とうとう終わった。血液検査と、追加の薬をもらいにエキを連れて行くと、医師からは、もうチューブを外しても大丈夫だと言われた。

「彼は本当によく頑張りました。」

チューブを外したエキの首には小さな穴が空き、でもそれも、すぐに埋まった。

12月14日　NHKの「ニュースウオッチ9」で、新刊の取材。

ウィッグをかぶってZoom。質問は、自分がどうして『夜が明ける』という作品を書いたのか、カナダで書くことで変化はあったか、など。和久田麻由子さんは、素晴らしいインタビュアーだった。最後に、もうすぐ成人を迎える人に対してのメッセージをお願いされる。放送が成人式前後だそうだ。言葉に詰まった。私から若い人に、何を言えばいいのか悩んだ。若い人たちが背負わなければいけない負担が大きすぎる。経済は底をつき続け、賃金は上がらず、気候変動はのっぴきならないところまで来ている。

今年の夏、バンクーバーでヒートドーム現象があった。

夏のバンクーバーは、日差しが強い。でも、風が乾いていて、気温はさほど上がらない。ほとんどの家にはエアコンがついていないが、十分快適に過ごせるし、朝晩は肌寒いほどだ。そんなバンクーバーで、30度を超す日が続いた。扇風機が売り切れ、エアコンのついているレストランやホテルが予約でいっぱいになった。

私たちの家も、熱波に襲われた。座っているだけで汗をダラダラかいた。そんな日は、こちらに来て一度もなかった。暑さは、夜まで続いた。私が普段寝ている半地下は、比較的涼しかったので、Sをそこで眠らせた。

夏が終わると、ずっと雨だった。

バンクーバーの秋から春にかけては、いつも雨だ。それでも、「今年はおかしい」と、生粋のバンクーバー人が言った。雨は毎日、毎日降り続いた。そして11月14日、ブリティッシュ・

コロンビア州を記録的な豪雨が襲った。バンクーバーは被害が少なかったが、東部のアボッツフォードやチリワックでは、被害が大きく、洪水や土砂崩れで死者が出た。幹線道路は封鎖され、たくさんの家畜が死んだ。16万人以上の人が家を置いて避難しなければならず、政府は非常事態宣言を出した。

そもそも、元々レインクーバーと言われるバンクーバーでも、傘が必要な程の雨は降らなかったそうだ。霧のような雨が降って、どんより曇る、そんな感じだったと。でも、この数十年で変わったのだという。

バンクーバー人たちは、環境に対して意識が高い。特に、私が住んでいるキツラノというエリアは、元々ヒッピーが集まり、農園を作ったり、早くからヴィーガンの生活をしたりして暮らしていた街だ。

ヴィーガンレストランの先駆けである The NAAM（ザ・ナーム）も、この街にある。バンクーバーのレストランに子連れで行くと、大抵塗り絵とクレヨンを出してくれるのだが、The NAAM の塗り絵もクレヨンも、他のレストランのように新しいものではなく、年季の入った古いものだった。

みんな（特に若い人たちは）古着屋で服を買っているようだし、不要になった服や日用品を寄付出来る場所がいくらでもある。道には小さな木箱が設置され、そこにも読まなくなった本や絵本を置いておける（ついでに、自分が読みたい本があれば持って帰ることも出来る）。Craigslist（クレイグスリスト）と呼ばれるサイトでは、いらなくなったものを売買出来、それは車から家にまで及ぶ。私も自分の家はこのCraigslistで見つけたし（つまり、不動産屋を介さなくて良かった）、Sや夫の自転車もこのサイトで見つけた。スキーのボードやウェアは、スポーツ用品専門のセカンドハンドショップで買ったし、子供たちの服は友人たちの間で何世帯にもわたって引き継がれている。

スーパーマーケットには、必ずフードバンクのコーナーがある。私も何度か、米や缶詰を寄付した。プラスチックバッグやペットボトルを持っている人を見ることはほとんどなく、エコバッグと水筒を常備するのは当たり前だ。簡単な買い物なら、バッグを使わず手で持って帰る。包装も最小限だ。

広告が少ない街だということは前述した。それはつまり、我々の消費衝動を煽《あお》らないということでもある。素敵なお店はもちろんあるが、街自体が欲望を満たすためにデザインされていないので、何かを買いたいと思う気持ちがほとんど湧かない。

でも、キツラノは変わったと、ある友人が言っていた。ダウンタウンほどではないが、メインストリートにはたくさんの店が出来、低層であっても（キツラノでは、建物の高さの上限が厳しく統制されている）マンションが新築され、ここ十数年、家賃は上がり続けている。海沿いには豪邸が建ち並び、冷やかしで売り価格を見ると、目玉が飛び出るような金額だ。一体誰が、こんな家を買うことが出来るのだろう、そう思っている間に、売りに出された家の前には次々と「SOLD」の看板が立つ。

かくいう私たちの家も、毎月高額な家賃を払わなければならない。バンクーバー滞在は限られているので、なんとかやっていけるが、近所の人たちを見るに、どうやってこの地域に住み続けているのだろう、と考えてしまう。

高いのは家賃だけではない。日用品も、レストランの飲食代も高い。例えば一般的なスーパーマーケットで売られている12ロールのトイレットペーパーは大体12ドルくらい、12個入りの卵は3ドルから4ドルくらいだ。ちょっとランチでも、と入った店で飲み物とパスタなどを頼んで、15%のチップを払ったら30ドルは超す。

バンクーバーの一般的な若者たちは、もはや親世代のように、働いていずれ一軒家を買う、というような生活は到底望めない。一軒家に住むことが出来るのは、自分で何らかの財を成した人はもちろんだが、そんな人はやはり稀《まれ》で、もともと親が持っていた家を譲り受けた人が多い。「住みやすい街」世界1位だったバンクーバーは、その住みやすさゆえに、ある意味住みにくい街になってしまった。

それでも、街の雰囲気は依然、とてもリラックスしている。あくせく働いてヘトヘト、みたいな人を私はあまり知らない。金曜日は、皆午後になると飲み始めているし、残業している人もそれほどいない（LOCAL Public Eatery（ローカル・パブリック・イータリー）というレストランの看板には、「世界のどこかは午後5時」と書かれている。つまり、いつでも飲み始めていい、ということだ）。皆、ワークライフバランスや、クオリティ・オブ・ライフを、とても大切にしている。

でも、それはもちろん、私が持っている特権がなせることだ。バンクーバーにももちろん、あくせく働いてヘトヘトの人はいるのだろうし、残業続きでメンタルに影響が出ている人もいるだろう。私は結局、私が見ることが出来る範囲のものしか見ておらず、見たいものしか見ずに済む環境にいる。

例えば、コロナ禍のステイホームの時もそうだった。バンクーバーでは、２０２０年の春にロックダウンがあった。それでも散歩やジョギングは許されていたから、私は毎日海に出かけた。もともと人が多いエリアではなかったので、ソーシャル・ディスタンスを自然に取ることが出来ていたし、スーパーマーケットでの買い溜めを見ることも、アジア人への差別を見ることもなかった。でも、違うエリアでは争うような買い溜めがあったそうだし、高齢のアジア人が急に殴られた、という話も聞いた。残念ながら、バンクーバーにだって差別はあるし、偏見もある。

カナダは、もともと先住民族が暮らす場所だった。

イギリスからやってきた白人が、彼らの土地を奪い、カナダという自分達の国を作った。先住民族の子供たちは親から引き離され、カナダ人の同化政策の下で、寄宿学校に送り込まれた。学校では母語を話すことや民族的な文化活動を行うことを禁止され、教師や牧師による虐待が行われた。２０２１年５月には、ブリティッシュ・コロンビア州カムループスの寄宿学校跡地で、３歳児を含む２１５人の子供たちの遺体が発見された。そして翌月、サスカチュワン州の寄宿学校跡地から、無記名の墓が新たに７５１基発見された。

寄宿学校の記憶を持つ生存者はＰＴＳＤに苛《さいな》まれ、その痛みは子供たちへと引き継がれる。

彼らは適切なケアも受けられず、苦しい暮らしを余儀なくされている。その苦しみから逃れるために、どうしようもなくアルコールや薬物に頼る人もいる。

アルコールや薬物は、先住民族だけの社会問題ではない。様々な理由から薬物を使用するに至り、バンクーバーの路上で暮らす人たちの数は、そして薬物使用者の数は、驚くほど多い。彼らは路上で腕に針を刺し、使用済みの針が至る所に落ちている。そしてこういったことは、あまり知られていない。

もちろん、あらゆる街に、暗部はある。完璧な人間が存在しないように、完璧な街などないからだ。

だが、カナダは、こういった暗部にも、カナダらしい対応を見せている。例えば寄宿学校の事件が発覚した直後、あらゆる場所で「every child matters（全ての子供の命が大切だ）」の運動が行われた。そして9月30日は先住民族のための「真実と和解の日」と制定され、祝日になった（バンクーバーではこれまでも、その日は、皆が連帯を示すオレンジのシャツを着て、子供たちに事実を伝える教育がなされてきた）。そのスピードは、日本人の私からすれば、驚くべきものだった。

私がよく使うバス停に、ブリティッシュ・コロンビア州政府の公共広告が大きく掲載されている。

「Addiction is a medical condition—not a choice. Stop the Stigma.
薬物中毒は選択ではなく、精神疾患です。薬物に関する偏見を止めましょう。」

それはバス停だけではなく、ラジオを聴いていても流れる。
美しい女性がこちらを見つめているポスターもある。それは、化粧品の広告でも、ファッションブランドの広告でもない。
「COUSIN STUDENT ARTIST FRIEND いとこ 生徒 芸術家 友人
People who use drugs are real people. 薬物を使用するのは現実の人々です
Stop the Blame. 非難をやめよう
Stop the Shame. 辱めるのはやめよう
Stop the Stigma. 偏見をやめよう」
そう書いてある（美しい男性バージョンもある）。つまり、誰にでも薬物使用者になる可能性があることを、ことあるごとに強調している。それは選択ではなく、精神的な疾患なのだと。
実際、病院で問診を受けるとき、「てんかんの発作は？」や、「糖尿病の薬は飲んでる？」「薬のアレルギーは？」などの質問と同じように、「娯楽のための薬物か大麻は使用してる？」と、普通に聞かれる（ちなみに、大麻はカナダでは合法だ）。
日本で薬物の使用で逮捕された芸能人がどんな風に扱われ、どんな風に言われていたかを、思い出す。「覚醒剤やめますか。それとも人間やめますか」の広告も覚えている。薬物使用者が「快楽に溺れた怠け者」として語られることも、薬物使用者のイメージとして、ゾンビのような人間が描かれることも、そしてニュースで安易に使用者の使用欲求を刺激する「白い粉」のイメージ映像が流れることも。

人間に、それがどんな状態であれ、同じ人間として接する、という意志が、バンクーバーには通底しているように思う。薬物使用者は「快楽に溺れた怠け者」などではないし、まして「人間をやめたモンスター」であるわけがない。彼らは同じ人間で、私たちの隣にいて、私たちの間に明確な線はない。

以前、バンクーバーで、私立の病院を作ろう、という議論が起こったことがあったそうだ。無料の医療はありがたいが、あまりに待たされるので、私立の病院を作り、金を払う余裕がある人は、優先的に見てもらえるようにすればいいのではないか、と。でも、それはすなわち、金を払える人の命が先に救われるということだ。結果、持っている資産で命の選別をするのはおかしいと、反対運動が起こったと聞いた。とことんまで平等を求める、バンクーバーらしい判断だと思う。

路上で暮らす薬物使用者の中で、医者が処方したわけではない粗悪なドラッグを使ってオーバードーズを起こす人も後を絶たない。彼らは救急に運ばれてくる。救急病棟では命の危険度によって判断される。皆無料なので、金を払える能力のある人が優先的に診てもらえるわけではもちろんなく、危険な状態にある人が優先されるわけだ。つまり、オーバードーズで命の危機にある人が、他の誰よりも優先される。それに対して不満を表明する人はいない。命は平等だからだ。

ホームレス（この呼び方も彼らにスティグマを与えるから、ハウスレスと呼ぶべきだ、と言われている）の人たちに話しかけられても、街角で腕に針を刺している人に挨拶をされても、皆普通のこととして返事をする。逃げる人はいないし、子供達にもそういう教育がなされている。

言うまでもないが、ＬＧＢＴＱＩＡ＋コミュニティを排除することなどあり得ない。街にはたくさんのレインボー・フラッグが掲げられ、大手銀行の広告にも同性カップルが当たり前のこととして登場する。

新しく出来たプールには、男女の更衣室とは別に、必ずユニバーサル更衣室がある。レストランでも、男女でトイレを分けているところは少なくなってきた。どのトイレも誰でも使用することが出来、車椅子で入ることが出来る個室を必ず一つは設けている。

重度の障害を持っていても、一人で移動できるように、街がデザインされている。バスと電車には必ず車椅子の優先場所があり、乗降時の段差は自動でスロープが設置されるようになっている。乗降には時間がかかるが、文句を言う人などいない。移動するのが難しい場所では、近くにいる人たちが当たり前に助ける。障害を持っていることで「迷惑をかける」などという観念はないし、困っている人がいれば助けるのが当たり前なのだから、助けられた側も過剰に感謝する必要などない。

このような共生も、本来は当たり前のことだ。だがそれを「当たり前のこと」として皆で共有している街は、マイノリティに対してだけではなく、結果全ての人に優しい。

あるいはこれも、私が見たいものしか見ていない結果なのかもしれない。自分の偏見には、いつもガッカリさせられる。それでも、バンクーバーのこの姿勢（いや、もう彼らの矜持《きょうじ》と言っていい）は、いつだって私の視界を明るくしてくれた。私は、バンクーバーの街が好きだった。大好きだった。

いつだって私たちはいい人でいることも、向上することも、最善を尽くすこともできるけれど、自分を愛することも他者に愛されることもできないうちに、どうして完璧になれるだろう。

――イーユン・リー『理由のない場所』

3　身体は、みじめさの中で

救急外来は、担架と警察官で溢れていた。大きな事故でもあったのだろうか。座っている私のすぐそばで、若い男性が一人、担架の上で横たわっていた。女性が寄り添って、ずっと彼の頭を撫でていた。とても寒い日だった。

受付で症状を訴えて、すぐに熱を測ってもらった。39度4分だった。それから、待合室のベンチに座って、名前が呼ばれるのを待った。座っているのが辛く、寝そべりたかったが、そんなスペースはなかった。

一昨日、Sが咳でデイケアを休んだ。昨日は、夫が体のだるさを訴えた。抗がん剤治療中の私には好ましくない状況だ。免疫がとことん落ちた体は、簡単にウィルスに罹患してしまう。絶対に感染しないようにしようと、二重にマスクをつけ、何度も手を洗い、うがいをした。でも、Sから離れていることは出来なかった。

朝起きた時、あ、熱っぽいな、そう思った。嫌な予感がしているうちに、みるみる体温が上がり、それに伴ってひどい悪寒がした。暖房を最強にして、布団と毛布を頭からかぶっても、体の震えが止まらなかった。がんセンターの救急ラインに電話したが、誰も出なかった。留守電に症状についてのメッセージを残し、ベッドで朦朧《もうろう》としていると、折り返しの電話がかかってきた。すぐに救急に行ってくれ、と言われた。夫に車で送ってもらって、救急外来を訪れた。

この状況では、数時間待たされるだろう、そう覚悟したが、比較的早く呼んでもらえた。受付で、抗がん剤治療中であることは告げてあったので、優先されたのだろう。そのまま個室に通され、ガウンに着替えた。その間も悪寒は止まらず、身体中がひどく痛んだ。特に、喉の痛みは耐え難かった。看護師にタイレノールをもらったが、飲み込むのが辛く、薬が効いて悪寒が取れても、喉の耐え難い痛みだけは残った。

胸のレントゲンを取り、血液検査をした。ベッドにいる間、私の指はパルスオキシメーターに挟まれていた。ピ、ピ、という、規則正しい電子音が聞こえた。コロナのための鼻腔《びくう》検査もした。長い綿棒を鼻腔の奥に突っ込まれ、痛みで涙が出た。

ノリコが病院に、スマートフォンの充電器とフルーツ、飴や本を届けてくれた。部屋から出てはいけなかったので、彼女には会えなかった。トイレに行きたい、と看護師に訴えると、この部屋で用を足してくれ、と言われた。座部に穴の空いた車椅子のようなものがあり、なんだろうと思っていたのだが、それがトイレだった。よく見ると穴の下に、バケツが置いてあった。用を足すと、おしっこがバケツに跳ね返って私の尻を汚した。

医師に会えたのは夜だった。レントゲンでは異常がなかった。血液検査では、白血球の数値がかなり低かったが、それは抗がん剤の影響だろうと言われた。コロナのテストの結果はまだ検査機関から戻っていない。陽性だったら、後日、特別な措置が必要だと言われた。結果、夜の10時52分に、スマートフォンに通知が届いた。陽性だった。その頃には、絶望する気力もなかった（夫とSも、私が救急にいる間に、テストを受けた。二人とも陽性だった）。

タイレノールをいくら飲んでも、喉の焼けるような痛みは去らなかった。扁桃腺で喉が圧迫されているような感じだった。息をするのが難しく、パニックアタックの症状が何度か起こった。胸を圧迫され、息を吸っても吸っても、肺に酸素が入ってこなかった。何かを叫びたかったが声が出ず、ナースコールを押しても、忙しいのか、看護師はなかなか来なかった。パルスオキシメーターは正常な酸素量を示し、規則正しい音を発信していた。看護師は、それを聞いている限り、「カナコは大丈夫」だと言った。

「だから、残念やけど、これ以上私たちに出来ることはないんよ。」

15回目の抗がん剤治療を終えたところだった。全16回の投与の、あと1回を残すだけだった。

年末年始は、とても穏やかな気持ちで過ごせた。エキはすっかり元気になり、事後の検査以外で、彼に怖い思いをさせることはもうなかった。事故にあった車は修理が完了した。夫の胆石も今は落ち着いていて、Sはあれから熱が出ることも、耳を痛がることもなかった。レミーと、毎日くたくたになるまで遊んでいた。

年明けには、ノリコファミリーと、チエリファミリーと、ＵＢＣで素粒子物理学を研究しているマックスファミリーとスキーに行った。体力に自信がなかったから、私は滑るのを我慢して、ロッジで、『三体』を読んで過ごした。ノリコたちが連れてきた犬のマイロとトレイルを散歩し、ベッドで一緒に昼寝をした。夜は皆で食卓を囲み、マックスの弾き語りと宇宙の話を楽しんだ。子供たちは黒いハットをかぶり、マイケル・ジャクソンのダンスを披露してくれた。去年は出来なかったスキーが出来るようになったSは、達成感と自信に満ち溢れていた。私たちのロッジではなく、ソラとコウスケのロッジに泊まると言い、実際そうした。

副作用はあったが、2週間のスパンがあるので、1週目を過ぎると徐々に楽になることも分かってきた（そして、楽になった頃に次の抗がん剤投与があることも）。フィルグラスチムの注射を打つのにも慣れてきた。歩くのより遅いジョギングをして、あらゆるランナーに抜かされることにも、家の中で何度も休憩しないといけない日常にも慣れた。私の心は低空の位置で、静かにたゆたっていた。その矢先のコロナ感染だった。乳がんと宣告されてから、私は初めてこう思った。

「どうして私が。」

今まで、まさか私が、と思うことはあった。でも、どうして私が、と思うことはなかった。この場合の「どうして」には、「どうして他の人ではなく私が」というニュアンスがある。そう思うことには、そしてそう思ってしまう自分には強い自己嫌悪が伴う。私は幸いにも、そう思わずに済んでいた。それよりも、「これが他の人に起こったことではなくて良かった」と思った。これが、大好きな人たちに起こったことでなくて良かったと、それだけは心から思えた。

救急外来の個室で、でも私は、こう思ってしまった。

「どうして私が。」

どうして私にばかり、こんなことが起こるのか。私が一体、何をしたというのか。

病室で、次に襲ってくるパニックアタックに怯えた。次の瞬間、息が出来なくなるのではと怖かった。だから、心音に集中しようとした。だが、心音に集中すると、それが時々不自然に速くなることが恐ろしかった。時々意識が朦朧とし、それが眠気からくるものなのか、それともそれ以外の何かからくるものなのかは分からなかった。

コロナの治癒に関しては、特効薬はないと医師に言われた。痛みを感じればタイレノールを飲み、自然に治癒するのを待つしかない、と。

朝から何も食べていなかった。空腹だったが、喉が痛すぎて、何かを食べる勇気がなかった。タイレノールが効いている間だけ、持っていた日本製の梅ガムを噛んだ。1枚口に入れて、すぐにもう1枚を口に放り込んだ。私は結局、1パックの梅ガムを、一度に全部口に入れた。口の中はガムで一杯になった。それを噛んで、噛んで、噛んだ。泣きながら噛んだ。顎《あご》が疲れて痺れてくると、ティッシュに吐き出して捨て、口腔に溜まった唾は簡易トイレの中に吐いた。トイレにはずっと、私の排泄物《はいせつぶつ》が残ったままだった。

1月13日　もう許してください

翌朝、病院を出る頃には、また熱が上がってきていた。迎えに来てくれた夫は、私の容態が昨日よりも悪くなっていることに驚いていた。私はガタガタと震えていて、ガム以外、何も口に入れていなかった。

家に戻り、コートを着たままベッドに倒れ込んだ。暖房を最強にしてもらい、毛布をありったけ体にかけてもらっても、震えは止まらなかった。タイレノールを飲まないといけないのだが、布団から出て薬を手に取ることが難しかった。そして結果、気力を振り絞って強いタイレノールを飲んでも、喉の痛みが消えることはなかった。

翌日は、そんな状態で再び病院に行かなければいけなかった。コロナに効く特効薬はないが、抗がん剤治療中で免疫がかなり落ちているので、悪化しないようにソトロビマブという新薬を点滴しなければいけないのだった。医師と看護師は、とにかくその薬が「とても高額である」ことを繰り返した。

コロナ陽性だから、病院に勝手に入ってはいけなかった。マスクを二重にして、病院の前で看護師と待ち合わせた。彼女に連れられて、病室まで歩いた。薬が効いていたから熱はなかったが、相変わらず喉がひどく痛み、頭がぼんやりした。

病室には、私の他に、高齢の女性がいた。髪が豊かで、抗がん剤治療中には見えなかったが、免疫系の疾患を抱えているのかもしれなかった。

「あんた、中国人？」

そう聞かれた。日本人と聞いて、彼女は残念そうだった。彼女の気持ちが、私にはよく分かった。不安な時には母国語を聞きたくなる。彼女は、自分の息子がこの病院まで付き添ってきたが、中には入れないので、こうやって今は一人なんだ、と言っていた。

「うちは大丈夫やと言うてん。でも息子が来いって言うから来た。うちにはこの薬は必要ないのに。」

彼女は、そればかりを繰り返していた。耳が遠いらしく、大きな声で返事をしないと理解してもらえなかった。喉が痛いので、それがとても辛かった。

彼女と私は、腕に点滴の針を刺した状態でソトロビマブの到着を待った。とても高額なので、絶対に無駄にするわけにはいかず、全ての用意が整った状態で処方するらしい。30分ほど待って、やっと点滴が到着した。点滴バッグの中に入った透明の薬は見たところ特徴もなく、どう特別なのかは分からなかった。吐き気やアナフィラキシーショックなどの簡単な副作用の説明をされたが、長期的に見てそれが自分の身体にどう影響するのかは分からなかった（そしてそれはそもそもコロナワクチンも同じだ）。

もちろん私には選択肢があった。この薬を拒否することも出来た。でも、抗がん剤とコロナで徹底的に弱った身体では、新薬に縋《すが》る以外は考えられなかった。私はとにかく、無事に抗がん剤治療を終えたかった。

抗がん剤治療がスムーズに終了すれば、手術は2月の末に行われる予定だった。最後の抗がん剤治療終了後、体力温存のため、手術まで4週間ほどは日程を空けた方がいいと言われた。抗がん剤治療が遅れると、自動的に手術も遅れるだろう。遅れた場合、次にいつ手術の日程が決まるか分からない。

いつか聴いた、ラジオのニュースがずっと頭に残っていた。コロナ禍で、医師や看護師不足による手術の遅延があり、がんが全身に転移していた男性の話だ。抗がん剤治療を終えていたとしても、全てのがんが消滅することはないだろう。手術の遅延を待っている間に、またがんが大きくなったら？　心身が弱っているときは、考えなくていいことばかりが浮かんでくる。まだ手術も終わっていないのに、この時期は、再発の夢をよく見た。

投薬には、30分ほどかかった。つまり私たちは、1時間ほど、病室にいたわけだ。その間、女性は話し続けた。

「この薬は何なん？」

「私たちの看護師は誰やっけ？」

「こんなことアホらしいわ。」

途中から私は、返事をすることを諦めた。彼女は度々、長すぎる時間じっと私を見つめ、それから大きなため息をついた。

投薬が終わっても、私たちは5分ほど部屋にいなければいけなかった。病室は、消毒薬のにおいがした。私たちの手は、度重なる消毒で、それぞれボロボロになっていた。彼女にハンドクリームを貸してあげたかったが、そんな気力はなかった。

5分が過ぎた頃、彼女が看護師を呼んだ。

「誰か息子のところまで連れてってくれへん？」

だが、彼女が呼んだ看護師は別の病室の担当で、それは出来ないと言った。「5分間は、患部をガーゼで押さえておいて。それから帰っていいから」、そう私たちに言った担当の看護師は、どこかへ行ってしまっていた。彼女は、じっと私を見つめた。

「息子に電話かけてくれへん？」

彼女は携帯電話を持っていないようだった。私が自分のスマートフォンを取り出すと、彼女は息子の番号を諳《そら》んじた。息子は、1コールですぐに電話に出た。

「今投薬が終わりました。あなたの母親は、私が病院の外まで連れて行きます。」

そう言うと、彼は何度も礼を言った。電話を切ると、彼女は初めて笑顔を見せた。その笑顔は、彼女の少女の頃を思わせた。

来るときは看護師と一緒だったのに、帰りは私たちだけで出口を目指した。コロナ罹患者同士、ボロボロの手を繋いで、長い廊下をゆっくりと歩いた。彼女は足が悪いようだったが、とても姿勢が良かった。

「こんなに広いと迷子になるわ。」

彼女は言った。確かに、病院はとても広かった。コロナ患者が迷って院内を彷徨《さまよ》ったらどうするのだろう、そう思った。どの病院も、慢性的に看護師の数が足りていないのだ。

「あんたがいてくれて良かったわ。」

彼女が言った。私もやで、と返事をした。

病院を出ると、彼女の息子が心配そうに立っていた。やはり私に何度も礼を言い、母親を抱きしめた。コロナだけど、大丈夫？　そう言いたかったが、彼も陽性なのかもしれなかった。夫とSが元気なように、オミクロン株は、人によっては自覚症状もないと聞いた。そして、家族が陽性でも、病院までは彼らに迎えに来てもらわなければいけなかった。
彼女は、不機嫌な顔で車に乗り、私に手を振った。私も手を振りかえし、迎えに来た夫の車で、家に帰った。

みじめではない
と思いたい。
だのにひとは
みじめさのなかではじめて生きる。

――安水稔和「存在のための歌」

ベッドで休憩していると、左目の端にチカチカした光が現れた。偏頭痛が起こる前は、いつもそれが始まる。光は大抵横に長く、くねくねと動くので、カラフルな龍《りゅう》のように見える。でも、今回のそれは雪の結晶のように見えた。雪の結晶が色を変えながら、静かに回っているような。とても綺麗だった。
久しぶりに、ジュリアンのところへ行った。熱や喉の痛みは治っていたし、体力はだいぶ回復していたが、味覚が戻っていなかった。ネガティブな情報を見たくないので、オミクロン株の症状については検索しなかった。

偏頭痛に効くツボに鍼《はり》を刺してもらい、味覚が戻らないこと、まだ少しだるいことをジュリアンに伝えた。新しい漢方を処方してくれたジュリアンは、「ちょっと待ってて」と言って、台所からカップを持ってきた。カップの中身は、あたたかな柚子《ゆず》茶だった。

「飲んでみて。」

一口飲むと、柚子の甘酸っぱさが口腔をあっという間に満たした。驚いた。

「美味しい！」

思わずそう言うと、ジュリアンは笑った。

「これから少しずつ味覚が戻ってくるよ。」

帰り道、韓国系のスーパー、Hマートで柚子のジャムを買って帰った。それを大量にスプーンですくって、熱湯で溶かした。それが「美味しい」ことに、そしてそれを「美味しい」と感じることに感動した。私は一日に何度も、柚子茶を飲んだ。その後数日間は、この柚子茶の味しか感じることが出来なかったが、徐々に他のものの味も感じられるようになってきた。そして1週間もすれば、私の味覚は完璧に元に戻った。

1月24日　アフガニスタンについての、ある記事を見つける。母マルジエと、4人の娘たちの話。タリバンがアフガニスタンを制圧してから、生活は苦しくなり、どうすることも出来なくなった。長女のナーザニンを11万円相当で売ることを決めたが、支援団体からの援助を得ることが出来、それは免れた。彼女たちが、世界で一番幸せな5人になりますように。

最後の抗がん剤は、キャンセルになった。
「手術まで日もないし、コロナで体力も弱っているから、最後の抗がん剤はスキップしようと思う。それに、カナコは今までの抗がん剤で十分効果が出ているから。」
ロナルドから、電話でそう言われた。電話を切った後、しばらくぼんやりして、それから泣いた。嬉しかった。自分にとって抗がん剤治療が大きなストレスになっていたことを、思い知った瞬間だった。

家族や友人に助けられながら、粛々とこなしてきたつもりだった。実際それは、自分が想像していたよりは辛くなかった、はずだった。でも、あと一度、たった一度のそれが、私の頭の内側にずっと、暗い膜を張っていた。

抗がん剤治療で何が一番辛かった？　と、よく人に聞かれた。気持ち悪さ、口内炎、便秘、色々副作用はあったのだが、何かひとつの症状を特別に挙げることは、私には難しかった。ただ、治療中、私の場合は4ヶ月間、一日も絶好調の日がなかったことが辛かった。もちろん、体調のいい日はあった。ジョギングも出来たし、筋トレも出来た。友人とランチをしたり、子供と一緒に遊んだり、時には自分ががんを罹患していることを忘れられる瞬間もあったりした。でも、その後はいつもぐったりと疲れた。長い昼寝を必要とし、風呂に入るのも億劫《おっくう》になった。

楽しいことがあった後はなおさら、自分の体がもう今までと違うことを思い知らされた。

友人たちが作ってきてくれた美味しいご飯が食べられない日も辛かった。私や家族のことを考えて、皆、栄養たっぷりのおかずをたくさん拵《こしら》えてくれたのに、カップラーメンやポテトチップスなど、ジャンクなものしか喉を通らない日があった。それが何故なのかは最後まで分からなかったが、つわりの症状に似ている気がした。何か口に入れていないと気持ちが悪く、でも、それは体に良いものではダメだったし、口に入れたところで、その気持ち悪さは決して解決しないのだった。カップラーメンを食べ、ポテトチップスを食べ、深夜に起きて台所で食べ物を探した。それでも、私の体重は減り続けた。コロナに罹患した後は、風呂に入るときに自分の体を鏡で見て、ギョッとした。骨が浮きあがり、太ももや尻からも肉が落ちて、ペラペラの薄い体になっていた。

それでも、容姿の変化は、私にとってそれほど辛いものではなかった。顔色が悪くてもファンデーションは塗らなかったし、爪が黒くなっても、マニキュアをしなかった。いつもニットキャップをかぶっていたが、頭を隠すためというよりは、ただ単に寒かったからだ。晴れた日はビーチで帽子を取った。こんな機会はなかなかないから、頭皮を日に当てようと思ったのだ。周りの人は、誰も何も言わなかった。私のことをジロジロ見る人もいなかったし、目が合う人がいても、にっこり微笑むだけだった。

一度、ある画材屋で、次の抗がん剤治療日の時間について、看護師と電話で話していたことがあった。電話を切ると、レジにいた男性が、

「ごめんね、聞こえちゃったんだけど、あなたは今抗がん剤治療をしているの？」と聞いてきた。そうやで、と返すと、

「あなたは、とても勇敢だね。」

そう言って、買おうとしていたスケッチブックとペンを無料にしてくれた。それがとても嬉しかったと、一度看護師のクリスティに話した（ショッキングピンクのコンバースが素敵な看護師だ）。

彼女は言った。

「良かったな！　でも、ある意味当たり前やん。カナコは今誰よりも勇敢に戦ってるヒーローなんやから。」

それから、「もっと高いものを選んでたらよかったのに」、そう言って笑いあった。

私には、コニーという乳がん罹患の先輩がいる。彼女は、私のちょうど1年前に乳がんと診断され、私が治療を始める頃には、もう治療を終えていた。アマンダに紹介してもらったのだが、穏やかで思いやりがあり、でもエネルギーに満ちているコニーのことを、私はすぐに好きになった。私たちは、ランチやコーヒーなど、理由を作ってはちょくちょく会った。

「みんな私たちのこと勇敢って言うやん？」

ある日、コニーが言った。

「うちはさ、自分のこと勇敢とは思わんのよ。自分で選んだ道やないし。」

それは、私も思っていたことだったから、とても嬉しかった。

「分かる！　うちも思わへん。勇敢っていうか、やらな仕方ないって感じよな？」

「そうそう。」

私たちは、Simit Bakery（シミットベーカリー）という、トルコ系のカフェにいた。私はカフェラテを、コニーは「せっかくだから」と、トルココーヒーを飲んでいた。ベーグルが美味しいと評判の店だったので、それぞれ選んだベーグルをちぎって食べた。ゴマがたっぷりかかったベーグルは、モチモチとして、とても美味しかった。私は言った。

「怖いのはめっちゃ怖いんよな。怖さを克服するというよりは、怖さを認めながらやるって感じ？」

ナイジェリア人作家でアクティビストのラヴィー・アジャイ・ジョーンズは、「恐れ」について こう語っている。

「『恐れを知らない』、というのは、『恐れない』ことではありません。それは、『恐れ』によって自分がやるべきことを減じられることがない、ということです。恐れを感じつつも、前進することなのです。」

私たちは、いや、少なくとも私は勇敢ではない。あらゆることに恐れ、いつもビクビクしながら、でも、生きていたいから、治療を受け続けているのだ。フィルグラスチムを自ら打つのも、ソトロビマブの投与をするのも、みっともないほどに死ぬのが怖く、どうしようもないほどに生きていたいからそうしたのだ。

作家のオーシャン・ヴオンは、著書『地上で僕らはつかの間きらめく』の中で、主人公のリトル・ドッグにこう語らせている。

僕たちは命を保持しようとする――もう体が持ちこたえそうにないと分かっているときも。僕たちはそれに食事を与え、体勢を楽にし、体を洗い、薬を飲ませ、背中をさすり、時には歌を聴かせる。僕たちがそういう基本的な部分で世話をするのは、勇気があるからでも献身的だからでもなく、それが呼吸のように、人類の根幹にある行動だからだ。時がそれを見捨てるまで、体を支えること。

リトル・ドッグは、今まさに祖母を亡くしつつある。だが彼が諦めず、看病を続けるのは、勇気でも献身でもないのだという。ただ人間が「そういうもの」だからなのだと。

私は、「祖母」の部分を「自分」に置き換えた。私たちはそれがどのような状態であれ、命を出来うる限り保持しようとするのだ。そしてそれは、勇敢さや、自身への献身からくるものではない。ただの衝動だ（だから、その衝動を断ち切る決意をした人の勇気は、計り知れない）。

それでもやはり、皆が私たちを「勇敢」だと言ってくれるのは、そして、私たちの生そのものを祝福してくれることは、とても嬉しかった。それは私が、誰かに自分の無毛の頭を見せることを躊躇しないことと、地続きのところにあった。

「ときどきさ、自分が『私はがんです』カードを言い訳にしすぎてるなって思う時があるわ。」

コニーが言った。コニーはかつてバリバリと働いていたが、がんが分かってから、長く仕事を休んでいた。二人の子供とコニーを養っている夫は、家事もこなし、美味しいご飯も作ってくれるのだそうだ。

コニーは抗がん剤治療中もジョギングを欠かさなかった。私たちの待ち合わせの場所には、それがどんなに遠くても、必ず自転車でやってきた。今はアイススケートのクラスを取り、後ろ向きに滑ることができるようになったと喜んでいた。それは、彼女の生来のアクティブさから来ていたが、同時に、治療後の、ある思いからも来ていた。

最後の放射線治療を終えた後、彼女は、どこかで寂しさを覚えたのだという。それまで自分は、「がんを克服する」という目標を持ってやってきた。毎日、毎日、副作用と闘い、未知の疲れと対峙しながら、医師、看護師と一丸となってその目的を果たした。全ての治療を終えて、彼女はもちろん嬉しかったが、同時に、「これから先、何を目標にして生きていったらいいんやろう」、そう思ったそうだ。まだ治療中だった私は、

「そんなん、ただ生きてるだけでええんちゃうん?」

そう言ったが、

「そうなんやけど。これはうちの性格かなぁ。なんか、目標が欲しいねん。生きる目標が。」

と、彼女は言った。その一環のアイススケートなのだという。

「出来ひんかったことが、少しずつ出来るようになるのが嬉しいねん。」

そしてもう一つ、彼女が始めたことがあった。書くことだ。

「小説を書きたいと思ってるんやけど、今はどうしていいか分からんから、とにかく毎日何かを書くことを自分に課してるねん。」

それは、すごくいいと思う、思わず私は言った。

私自身、治療中もずっと書いていた。小説、エッセイ、日記。書くことで頭の中を整理出来たし、書くことで自分がこんなことを思っていたんだと、思いがけない発見をすることがあった。書いている間、自分が治療中であることを忘れる瞬間もあった（不思議なことに、がんに罹患した女性の小説を書いていてもだ）。それが救いであったかどうかは分からないが、とにかく書くことは、私にとって絶対に、絶対に必要な行為だった。

そして、間違いなく救いであったと言えるのが、読むことだった。小説、エッセイ、ルポルタージュ、詩、ありとあらゆるものを読んだ。英語の勉強のためにと、英文の小説も読んだ。私は「分からなさ」を超えて文章にのめり込んだ。エリフ・シャファクの小説は集められる限り全て手に入れた。バレリア・ルイセリの『Lost Children Archive（消えた子供たちの文書）』は、最後の章で息を呑《の》み、しばらく動くことが出来なかった。カイリー・リードの『もうやってらんない』はクスリと笑いながら、そして時々自分にグサリと刺さるものを感じながら読んだ。ロクサーヌ・ゲイの『飢える私』は、苦しくて読むのを何度も中断しなければならなかった。

ヴァージニア・ウルフは本を読むことについて、こんな風に言っている。

「それはまるで、暗い部屋に入って、ランプを手に掲げるようなことだ。光はそこに既にあったものを照らす。」

似たようなことを、ウィリアム・フォークナーも言っている。

「文学は、真夜中、荒野のまっただ中で擦るマッチと同じだ。マッチ1本では到底明るくならないが、1本のマッチは、周りにどれだけの闇があるのかを、私たちに気づかせてくれる。」

読後、私もその闇を感じた。物語そのものの光は、私を間違いなく救ったが、自分が身を浸している闇を知ることも、私に新しい、そしてある種強固な救いをもたらした。その闇は、馴《な》染《じ》み深《ぶか》いものであったはずだった。それはずっと、ずっと私と共にあったものだったからだ。それなのに、どこか真新しいものに見えるその闇の中で、私は自分自身のことをすら、真新しいものとして観察することが出来た。私はここで何をしているのか。私はここで何を思っているのか。私は誰なのか、あるいは何なのか。それはある部分で、瞑想《めいそう》と似ていた。

ノリコから勧められて、私はずっと瞑想を続けていた。

夜眠る前、10分でも、5分でもいいから、深く呼吸をして、自分を見つめる時間を作った。そのまま眠ってしまう時は良かった。厄介なのは、今後やらなければならないことや蟠《わだかま》っていることが、頭の中をぐるぐると回って、全く集中できない時だった。でも、いつしかその「集中できない感じ」をすら、新たに見つめることが出来るようになった。私は今、集中できていないなぁ。あ、また新しい不安が浮かんだ。次はこれか、あんたは不安が多いなぁ、そんな風に。

見つめた先にあったものは、大抵、私の内にある恐れだった。それは本当に頻繁に、頻繁に現れた。例えば何かに腹が立った日、その感情をずっと見つめ、解体し続けると、最後に現れるのは恐れなのだった。怒りや苛立ちなど、一見、恐れから遠いような感情に見えたとしても、それは必ずと言っていいほど、恐れから端を発していた。

恐れには形がなかった。実体のない塊として私に取《と》り憑《つ》き、時には恐れそのものも、何かに怯えていた。私は恐れを哀れに思うようになった。長らく私の体に寄生し、私の感情の発端となってきた恐れは、私自身が作ったものだった。私は恐れの母であり、父であり、友だった。私は恐れを抱きしめた。私が作り、長らく私を苦しめてきたこの恐れを、私は今こそ自分の、このたった一人の自分のものとして、抱きしめなければならなかった。

あなたは知らない。

のどが渇いて目を覚ました寒い夜明け、思い出すこともできない夢のせいですっかり濡れたまぶたを洗面台の上の鏡の中に見るだろうことを知らない。顔に冷水を浴びせるとき、あなたの手が何度も震えるだろうことを知らない。一度も口の外に出したことのない言葉が、熱い串のようにのどを引き裂くだろうことを知らない。私だって前が見えない。いつだって見えなかった。がんばってきただけ。いっときでもがんばらなかったら不安だから、それで必死にやってきただけなのよ。

――ハン・ガン『回復する人間』

手術の日が決まった。

マレカと会って、手術の概要を聞いた。彼女はとにかく、

「手術まで体力をつけて、よく食べてな。」

そう言った。弱った体に、少しでも筋肉をつけようと、私はまた筋トレをスタートした。特に胸筋は大切だった。筋肉があればあるほど、術後の回復は早くなる。胸筋を鍛えるエクササイズを中心に、時間があれば腕立て伏せをした。

もう抗がん剤治療がない。それが私の心を晴れやかにしていた。つわりのような症状は去り、私は身体にいい美味しいご飯を、たくさん食べられるようになった。徐々に体重を増やし、下痢や便秘に悩まされることもなくなった。

髪の毛も、すでに生え始めていた（友人に「毛根もせっかちやな」と笑われた）。鼻毛も生え、鼻くそが溜まることが無くなった。陰毛が生えると、女性器の臭いも霧散した。生えた毛は、もう抜けることはない。せっかくついた筋肉が、またごっそりと落ちてしまうこともない。

でも、手術後、私には失うものが確定していた。両乳房だ。

がんは私の右の乳房にあったが、私はBRCA2という変異遺伝子があるため、再発や左胸への転移の確率が高い。予防のため両乳房を切除し、将来的に卵巣も摘出することが望ましかった。

両乳房を切除することには、抵抗はなかった。Sが生まれた後、この胸は、無料でたくさんの母乳を作ってくれた。卒乳してから、乳房はげっそりと削《そ》がれた。その時私はすでに、乳房

がその役目を終えたのだと思っていた。散々世話になった。もう十分だ。

乳房の切除と同時に再建が出来る、と言われた。シリコンを胸に入れる、いわゆる整形だ。私は再建には後ろ向きだった。同時再建と言っても、エキスパンダーという乳房を拡張する器具を入れ、シリコンを装着するのは数ヶ月後になるという。2度も手術をするのは億劫だったし、したところで、今後ずっとメンテナンスをしなければいけないのも、激しい運動でシリコンが破裂するのではとビクビクするのも（そんなことは滅多にないが）、自分には向いていないように思った。

だから、再建はしないとマレカに伝えるのには、大きな決断を必要としなかった。でも、彼女がこう言った時には、少し迷った。

「今後、もしかしたら再建したくなるかもせぇへんやん。そうなった時のために乳首を残しておくことも出来るで。」

確かに、数年後の自分の気持ちがどうなっているかは分からない。数年前に、自身が乳がんになるなんて、考えもしなかったように。

だが、マレカとの面談の後、すぐに心が決まった。手術後の諸々を教えてくれる看護師のイズメラルダと話をしたのだった。彼女も乳がんサバイバーで、しかも、マレカに左の乳房を切除してもらったそうだ。

「マレカ医師、めっちゃ腕ええで！」

イズメラルダは言った。青い看護服を着た彼女は、見るからに「信頼に足る人物」だった。

長年の経験と自信が、身体中に漲《みなぎ》っていた。たまに、会った瞬間抱きしめてもらいたくなる人物に会うことがあるが、彼女はまさにそういう人だった。

「カナコは再建すんの？」

「ううん、再建はせんとく。でも、乳首を残すかは迷っててんねん。」

「乳首？　なんで⁇」

「うーん、今は再建せんと思ってても、将来再建したくなった時のために、乳首だけ残す方法もあるって……。」

　イズメラルダは、目を大きく見開いた。

「乳首って、いる⁇」

　彼女の言い方に、思わず吹き出してしまった。確かに、乳首ってなんだろう？　私は思った。性的なものとして捉えられがちな、そしてあたかも、それが女性にしかないように扱われている乳首だが、もちろん男性にもある。なのに、女性は乳首を頑《かたく》なに隠さなければならず、乳首の透けた服を着た女性は批判され、揶揄《やゆ》される。

　私自身、ブラジャーを必要としないほど小さな乳房だったのに、それでもブラトップやブラジャーをつけていたのは、乳房をホールドするためではなく、ほとんど乳首を隠すためだった。乳首を晒《さら》す（それが洋服に覆われていたとしても）ことはＮＧだと、徹底して思っていたのだ。でも、どうしてだろう。隠さなければいけないのに、乳首を残す選択肢があるのはどうしてだろう。つまり、乳首がないのは不自然だと思われるのは、どうして？

乳首があることで、乳房が本物に見えるということは分かる。がんの位置から、乳首を切除しなければならず、後に乳首のタトゥーを彫った人もいる。あるタトゥーアーティストの作品を見たが、本物と見紛《みまが》うばかりの、美しい乳首だった。

でも、では、乳首がない状態は偽物なのだろうか？

「もちろん、決めるのはカナコやで？」

そう言いながら、イズメラルダは看護服をまくって、手術痕を見せてくれた。再建していない彼女の左胸には、綺麗な1本の線があった。それだけで、彼女の言う通り、マレカの腕がいいことが分かった。乳首はなく、皮膚はところどころ黒ずんでいたが、つるりと滑らかだった。それは偽物なんかではなく、本物の、正真正銘の、彼女だけの胸部だった。ごちゃごちゃ書いたが、要約すると、とても恰好良かった。

「うちは、この状態に100パーセント満足してるで！」

イズメラルダは言った。彼女の場合、左胸だけ、しかも大きな胸の切除だったのでバランスが悪く、ブラジャーにシリコン製のパッドを入れていた。

「カナコの場合は両胸の切除やし、バランスもええやん。もしパーティーとかでフェミニンなラインを作りたかったら好きなサイズのパッドを入れてもええし！」

イズメラルダと話をしていると、乳房を、そして乳首を失うことなど、生きてゆくのに何も関係がないように思えた（そう、まるでつけまつ毛か何かについて話をしているようだった）。

私たちはどのような状態であっても、自分自身の身体で生きている。何かを切除したり、何かを足したりしても、その体が自分のものである限り、それは間違いなく本物なのだ。本物の私たちの身体を、誰かのジャッジに委ねるべきではない。これからも本物の自分の人生を生きてゆくために、私は自分の、自分だけが望む声に耳を澄ますことにした。そしてその声は、自分にはもう、乳房も乳首も必要ないと言っていた。

〝完璧な体〟というものはまやかしである。わたしは長い間、そんなものがあると信じ込んでいて、それが自分の人生を形作るのを許し、人生そのものを小さくしていた――本当の人生は、わたしに現実の体があることによって存在しているのだ。あなたがなすべきことを、架空の存在に言い含められてはならない。

――リンディ・ウェスト『わたしの体に呪いをかけるな』

木蓮に、蕾《つぼみ》がたくさんついていた。

蕾はアーモンド形をしていて、ふわふわとしたグレーの毛がついている。毛虫と猫の間みたいで、とても可愛《かわい》らしかった。地面を見ると、スノードロップも芽を出し始めている。まだまだ寒く、雨も降り続いているが、確実に春は近づいてきていた。

術後のドレーンケアの講習を、Zoomで受けた。

乳がんの切除手術の後、傷口からチューブ状のドレーンが飛び出している。その先に排出バッグがついていて、術後に傷口から出た滲出液《しんしゅつえき》や血液がそこに溜まる仕組みになっている。それらの液体が少量になってきたら、ドレーンを外す。日本では、ドレーンが外れたら退院、という目安になっているようだ。つまり、術後はもちろん入院する。でも、カナダは違う。少なくとも、バンクーバーは違った。手術は、日帰りなのだった。看護師からそれを聞いた時、私は思わず笑ってしまった。

「えっと、両乳房切除なんやけど、それでも日帰り？」

「そうやで！」

「あははは！」

渡されたスケジュールでは、手術の開始予定時間は12時、退院予定時間は15時15分だった。いや、この15分はなんやねん、と思った。それからすぐ、いや、突っ込むのはそこと違《ちゃ》うやろ、そう思い直した。両乳房全摘出手術から退院までおよそ3時間とは。目を疑った。

日帰りということは、ドレーンケアも自分でやらなければならない。そのやり方を、Zoomで説明するということだった。本来なら、病院でレクチャーを受けるのだが、コロナのこともあって、この形式なのだそうだ。

予定時間にZoomに入ると、他にも何人かの女性が待機していた。ハイ、と軽く挨拶をしあって、看護師が現れるのを待った。何人かはバンダナを頭に巻き、何人かは豊かな毛を生やしていた。年齢は見る限り幅広かった。人種も様々だった。でも皆、胸にがんを持っている。この画面にいる人皆が、告知された日の、あの夜を過ごしたのだ。それだけで、画面越しの結束感があった。

看護師のホリーが現れた。一通りの挨拶をして、皆の出席確認を取ると、早速説明が始まった。丸い排出バッグに溜まった液体を、計量カップに入れて8時間ごとに測る。内容は記録しておかなければいけない。大体30ミリリットル以下になったらドレーンチューブを抜く目安だそうだ。まさか、抜くのも自分で？　と戦慄したが、それは流石に、看護師がやってくれるらしい。

「術後は、ドレーンがある側を下にせんといてな。寝返りは反対側にして。リンパを取る人は腕が痺れることがあるから、傷口側にクッションを置いて、そこに腕を置いて寝たら楽やで。」

私は思わず、ホリーに質問した。

「あの、うちは両乳房の切除なんやけど、その場合はどうしたら……。」

ホリーは、うーんと唸って、

「しばらく寝返りは打たれへんなぁ。」

と言った。そうやんな、と思った。

数日後、今度は術後のリハビリテーションのレクチャーがあった。Zoomに参加すると、前回よりさらにリラックスした雰囲気だった。看護師のシェンのジョークに、皆が笑っている。ここまできたら、もう笑うしかないのだろうな、と思った。腹を括《くく》るなら、笑って括りたいのだ。

「手術したら、当日からとにかく動いて。術後の回復にはそれが一番やから。」

シェンが言った。当日から出来る運動（と言っても、肩を上げ下げしたり、首を左右に回したりするくらいだったが）から、ドレーンが取れた後にする本格的な運動まで、一通りのレクチャーがあった。驚いたのは、術後数日は、運動をする前に、痛み止めのタイレノールを飲んで、と言われたことだった。つまり、痛み止めを飲んでまで運動した方がいいということだ。最近は、ぎっくり腰も安静にするのではなく、なるべく動かした方が治りやすいと言われていると聞いた。私たちの体は、自分達が思っているよりも治癒能力が高いのだ。

それにしても、バンクーバーに来て何度「タイレノール」という単語を聞いただろう。予約して行ったクリニックでも、数時間待たされた救急病院でも、いつも「タイレノールを飲んでおいて」、そう言われた。もちろん薬局には、ありとあらゆる種類のタイレノールが並び、でも実際、それは間違いなく痛み止めとしては効くのだった（中には、タトゥーを彫りに行く前にタイレノールを飲む、という人もいた）。

薬に抵抗を持ってしまう古いタイプだからだろう、私はタイレノールを飲むたびに、「こんなに効いて大丈夫なのか」と思ってしまう。特に、コロナに罹った時に飲んでいたとても強いタイレノール（どでかくて真っ赤な錠剤）は、頭がぼうっとして、身体がふわふわと浮いたようになった。それでも喉の痛みには効かなかったのだから、相当なものだ。我が家の薬棚にも、小児用から大人用、弱めのものからスーパー強いものまで、あらゆる種類のタイレノールがあった。とにかく術後何か痛みがあればタイレノール、それはデフォルトだ（そしてそのタイレノールに関して、その後ちょっとした事件が起きるのだった）。

「この中には、リンパを取る人もおるやろ？　当日センチネルリンパ節生検をする人？」

何人かが手をあげた。私もそのうちの一人だった。リンパ節にがんの転移がないかを調べる検査で、手術の前に行うことになっていた。腫瘍の周りに色素を注入する。色素は、リンパ管を通してセンチネルリンパ節に集まる。色素に染まったリンパ節を摘出して、顕微鏡で転移の有無を観察するそうだ。

生検をするのはもちろん構わないのだが、その処置が朝6時からなのはなんとかしてほしかった。しかも手術をする病院とは別の病院で行われることも、意味が分からなかった。私たちは胸に青いインクの染みをつけたまま、車で移動しなければいけないのだ。

リンパを取った場合、予測される後遺症は痺れやむくみ、痛みなどだ。中でも、リンパ浮腫には注意しなければいけない。リンパの流れが悪くなり、リンパ液が滞って手足をむくませる。

術後の美しい傷口を見せてくれた看護師のイズメラルダが、リンパ浮腫になった左手も、私に見せてくれていた。なるほど彼女の左手は、右手の1・5倍ほどの大きさになっていた。イズメラルダは言った。

「でも、感覚もあるし、全然問題ないで！　見てみ、うち看護師やで？　注射とかも打てるんやからこれで！」

彼女は、とことん恰好いい人なのだった。

説明を聞いていて残念だったのは、リンパを切除した場合、サウナやよもぎ蒸しなど、急激に体を温めることはリンパに負担をかけるのでやめなければいけないということだった。ヨウコが自宅でやっているよもぎ蒸しには、ちょくちょく行っていた。いつも自分の体からこんなに水分が出るのか、そう驚くほど汗が出た。しかもその汗はサラサラとしていて、全く臭くなかった。蒸された後は体がポカポカと温まり、その温かさは3日ほど持続した。何より嬉しいのが、慢性的な肩こりや頭痛が良くなることだった。

もちろん、リンパの切除がなければいいのだが、私の場合、以前行った生検でリンパに転移があったので、予防のためにも切除する可能性は高いだろう。よもぎ蒸しに行けなくなることは痛恨だった。

「とはいえ、血流とリンパの流れを良くしておくことは大切やから、運動はしてな！」

私にとって、よもぎ蒸しに変わるレベルのものといえば柔術だった。海辺のランニングは気持ちがいいし、筋トレも（辛いが）爽快だ。でも、あんなに大量の汗をかき、身体中を血液がグルングルン巡る感覚が味わえることに関しては（しかも数分のスパーリングで）、柔術に敵《かな》わなかった。私はシェンに質問した。

「あの、術後2週間くらいで運動していいって言うたやん？　例えば柔術はどれくらいから始めていい？」

「柔術？　どんなことするん？」

「キックとパンチ以外何でも。上に乗ったり乗られたり、首を絞めたり……。」

Zoom に参加していた、みんなが笑った。シェンも笑いながら、うーんと考えてこう言った。

「2ヶ月かなぁ。」

自分から聞いておいて、心の中で「絶対無理やろ」と、突っ込んでいた。

道場には、治療中も時々顔を出していた。何もできることはないが、皆がスパーリングをする姿を見たかったのだ。行くたび、ベルナルドたちは私を強くハグし、歓迎してくれた。女性クラスのハヤとユイーは、いつもこう言った。

「カナコ、あんたは強い女性なんやから！」

クラスを見学していると、自分が強い女性だとは、どうしても思えなかった。たった数ヶ月前の自分が、こんなに激しいスポーツをしていたことが信じられなかった。体力が落ちてしまった今、術後2ヶ月で再び戦えるようになるとは、残念ながら到底思えないのだった。

道場には、メグミという先輩がいた。メグミは、夫の転勤でバンクーバーに来ていた。これが2度目のバンクーバー滞在らしい。二人の子がいて、下の子のナギサはキッズクラスで柔術を習っている。私が自分のクラスにSを連れてきたときは、彼女が一緒に遊んでくれた。とても強くて、優しい子だった。

メグミは中学高校と柔道部に所属し、既に柔道では黒帯を取得している。この道場でも、あれよあれよという間にストライプを増やし、青帯をあっという間に取得してしまった。柔術の他にもほとんど毎日キックボクシングクラスに顔を出し、自分よりうんと大きな身体の男性相手に戦う姿は、眩《まぶ》しいほどに美しかった。

メグミは、私のがんを知り、Meal Train に参加してくれていた。中東系のスーパーで生のピーナッツを見つけたと言ってジーマミー豆腐を一から手作りしたり、お店で販売できるレベルのバナナケーキや、サワードーで作ったドイツ風の胚芽《はいが》パンを焼いたりしてしまう。

「専業主婦ですから！」

メグミはそう言ったが、もし自分が専業主婦でも、ここまでのことが出来るとは、私には到底思えなかった。

私にはもう一人、「専業主婦だから」と言って、信じられないほど手の込んだ美味しいご飯を届けてくれる友達がいた。ナオだ。若い頃はいわゆる「ギャル」で、今もその名残がしばしば見られる。私はこのギャルという生き物が大好きだ。はすっぱに見えて、でも実は礼儀に厳しくて、自分の好きなものを知っていて、義理がたい。それはもちろん、私が「ギャルにはそうであってほしい」理想を押し付けているだけなのだが、とにかくナオはこの「私の理想のギャル像」を体現していた。

20代で渡ったLAで夫のシェーンに出会い、ニコとレイという子供を儲けた。物静かで優しいシェーンは、日本の文化や言葉に関して、時々こちらが感心してしまうような洞察を見せる。ニコは繊細でとても優しい子だが、一方で恐れ知らずで、2歳からスケボーを乗りこなしていたそうだ。Sも、1歳年上のニコにスケボーを教わって、ずっと恐れていた坂の滑降に挑戦することが出来た。金髪の巻き毛と切長の瞳を持つレイは、マイペースで独立独歩。1歳半でオムツが取れ（！）、今はまだ3歳だが、ニコと同じようにスケボーでも鉄棒でも何でも挑戦するし、滅多なことで泣かない。

ナオが持って来てくれる食事には、いつも丁寧な「お品書き」がついていた。里芋の煮っ転がし（柚子の皮を散らしてあった）、野菜たっぷりのかやくご飯、グルテンフリーの皮で作った春巻きなどなど。時には大きな筋子を買って、それを醤油漬《しょうゆづ》けにしてくれた。

メグミとナオは、私に初めて出来た、いわゆる専業主婦の友達だった。

作家という職業についていると、会う人は限られてくる。同業の作家や編集者、デザイナーや写真家、対談で会うミュージシャンや俳優、つまり皆仕事をしている。よく考えると、高校やアルバイト時代の友人たちも皆仕事をしていて、だから専業主婦の友人が、バンクーバーに来て初めて出来たのだった。

メグミやナオを見ていると、「この仕事が無償だなんてあり得ない」と、いつも思った。二人の「専業主婦ですから」という言葉は、「働いていないのだから、これくらいやらないと」という意味を含んでいた。それは違うと、いつも思った。だって彼女たちは、誰よりも働いていたからだ。

確かに、バンクーバーで専業主婦（あるいは主夫）でいることは難しい。家賃や物価の高騰で、パートナーの収入がよほど恵まれていなければ、夫婦共働きは当たり前だ。彼女たちが夫に感謝する気持ちは分かるが、だからといって彼女たちの「これくらい」は、当然ながら全然「これくらい」などではなかった。

カナダ人の専業主婦に会ったことはないが、いわゆるママ友に聞く限り、日本人の母親ほど家事を完璧にこなしている人はいないように思う。子供たちのお弁当はピーナッツバターとジャムを挟んだサンドウィッチにりんごや生の人参《にんじん》、クラッカーなどが主で、朝から火を使うことはほとんどない。ご飯を炊いておにぎりを作って、卵焼きを焼いてハンバーグを詰めて、という日本のお弁当の話をすると、皆「クレージー！」と驚く。彼らにとっては、手の込んだキャラ弁なんて、きっと異次元の話だろう。

渡加した時、Sが最初にお世話になったのは、台湾系カナダ人のアニーが経営している、子供が二人だけのこぢんまりしたデイケアだった。2歳だったSはそこで、ゾーイという女の子と友達になった。彼女の両親のブライアンとキットとも仲良くなり、夏は一緒にキャンプに行った。ゾーイのおかげで、いつの間にかSは私たちよりも美しい英語を話すようになった。

アニーは今まで、たくさんの子供たちの弁当を見てきたが、アジア系の子供のお弁当、その中でも日本人の子供のお弁当は段違いだと言っていた。アニーから、ある話を聞いた。以前、カナダ人家庭の子供を預かった時、お弁当に硬いパンとりんごが一つだけ入っていたそうだ。その子はパンを一口かじっただけで、全て残してしまった。翌日、その子が持ってきた弁当には、前日残したパンがそのまま入っていたそうだ。

「それは流石に可哀想《かわいそう》で、私餃子《ギョーザ》を焼いたったんよ。」

アニーは言った。

「日本人の作るお弁当は、栄養にも配慮されてて完璧！　でも、大変やない？」

確かに大変だった。毎週日曜日はお弁当のおかずの作り置きを大量に作って冷蔵庫にストックし、朝はおにぎりを握った。

アニーのデイケアは3歳までの子供しか受け入れていなかった。なので、3歳になる夏に、Sは新しいデイケアに移った。ファティマというイラン人女性がやっているデイケアで、Sはそこで、大親友になるレミーと出会ったのだった。

ゾーイと二人だけでこぢんまりしていたアニーのデイケアに比べて、ファティマのデイケアは人数も多かった。ある程度自我が芽生えてきたSが、新しい環境でうまくやれるだろうか、そう心配していたが、デイケア初日、レミーが笑顔で、Sにおもちゃを差し出してくれた。それで、Sの心は一気に解けた。レミーとSは好きなものがよく似ていて、お互いに影響を受け合う。それぞれのおもちゃを毎日交換し合うので、どれがSのもので、どれがレミーのものか分からなくなるほどだった。

レミーの両親のケイデンとリズはイギリス人だ。アクティブでクールな彼らは、ロンドンからバンクーバーに移住してきた。私ががんであることを知ると、彼らは毎週、Sを家に呼んで預かってくれた。私の体調がいい時はレミーも我が家で預かるようになり、それは治療後もずっと続いた。水曜日はレミーの家、金曜日は我が家、という風に。

ファティマのデイケアに行き始めてからは、お弁当箱をスープジャーに変えた。カレーやハヤシライス、パスタ、オムライス、親子丼などをルーティンで入れるようになった。結果、その方がSは嬉しいようだった。彩りを、栄養を、などと考えているのは親だけで、子供は好きなものを一品ガッツリ食べる方が好きなのではないか。大量に作り置いて冷凍していたものを、朝解凍するだけになったから、私たちも随分楽になった。

レミーを預かる日は、いつもパスタを作った。マック&チーズという、マカロニをチーズソースであえたものがある。カナダでいうところのお袋の味的なものらしいのだが、これがもう壊滅的に野菜が入っていない（だからもちろん、子供は大好きだ）。レミーは、我が家では、このマック&チーズか、ペッシェパスタというジェノベーゼソースのパスタしか食べなかった。といっても、ほんの一口食べただけで、

「もういらない。」

と言い、あとは葡萄《ぶどう》かりんご、きゅうりを延々と食べている。リズやケイデンに、

「今日もご飯全然食べへんかったで。」

そう伝えても、二人とも、

「レミーはそうやねんな〜。」

と気にする様子はなかった。もちろん、彼らの家ではレミーも野菜をたくさん食べているのだろう。でも、子供の食に関しては、皆、とてもリラックスしているように思えた。

例えば学校のランチ時間も40分と短い上に、遊びの時間も含まれている。ランチを食べた人から遊んでいいのだが、そうなると全然食べない子供も出てくる。一刻も早く遊びたいからだ。でも、教師が「食べない」ことを注意することはない。食べたいなら食べればいい、食べたくないなら食べなければいい。それは彼らの意志なのだから。給食を全て食べ終わるまで絶対に席を立ってはいけなかった自分の小学校時代が信じられなかった。食べられない子は、掃除の時間に教室の隅で、ずっと席に座らされていた。それがトラウマになっている友人もたくさんいる。

レミーの体は強く、とても元気で、滅多に風邪は引かないし、引いてもすぐに治った。レミ

ーだけではない。バンクーバーにいる人たちは、皆とても体が強い。専門医にすぐにアクセス出来ない状況や、救急で何時間も待たされる経験から、彼らは一様に身体をメンテナンスすることに重きを置いている。とは言っても、食べ物に気をつけているというよりは（もちろん、ものすごく気を遣っている人もいるが）、エクササイズや運動に力を入れている人が多いように思う。

やはり野菜の全くないピザにかぶりついている人や、それ何色？　みたいな色のジュースをガブガブ飲んでいるカナダ人が屈強で健康でいるのを見ると、自分達アジア人の健気《けなげ》さに泣けてくる。出汁《だし》から取った味噌汁《みそしる》や、野菜をたっぷり使った料理を食べても、私は簡単にダウンした。

天気によるところは、とても大きい。バンクーバーの秋から冬にかけては、ずっと雨だ。夏に生成した体内のビタミンDも、あっという間に使い切ってしまう。サプリメントを飲み、筋トレをして体温を上げようと励んでも、私の体は知らぬところで悲鳴を上げていた。特に、気圧の変化による頭痛は辛かった。私の場合、そこに早めの更年期も重なっていたと思う。

英語教師のマイクに、一度、

「こんなに毎日雨って辛くない？」

そう聞いたことがある。マイクは、笑って答えた。

「えー、僕は雨好きだなぁ。においもいいし、夜ぐっすり眠れるから。」

彼はアルバータ州出身だ。雪深いところで育ったので、そんなに寒くないバンクーバーは最高だと言う。Zoomで会う彼は、どんな気候の日も半袖を着ている。

「小さい頃は、イチバンラーメンを週3くらいで食べてたよ！　僕にとってある意味おふくろの味だね。」

彼の言うイチバンラーメンとは、サッポロ一番のしょうゆ味ラーメンのことだ。彼のママも、彼の食に関してはリラックスしていたのだろう。マイクは屈強な体を持ち、週に1度サッカークラスに参加し、家にあるパンチングマシーンでスパーリングをしている。

自分の身体が何よりの基盤であることを、心から理解しているカナダ人に、私も大いに影響を受けた。身体が健康であれば、自然と精神も上向く。精神が安定していれば、身体も言うことを聞いてくれる。心と身体は一つだ。


しかし、生身の人間として闘病生活を送る私たちは、人生で最も勇敢な闘いにおいて、自分自身が最強の武器であることを知らなければならないのだ。

――オードリー・ロード『A Burst of Light』

4　手術だ、Get out of my way

首都オタワで、トラック運転手たちがデモを始めた。

カナダ政府が、アメリカとの国境を越えて行き来するトラック運転手にワクチン接種を義務付けたことに抗議して始まったデモだった。彼らはデモのことを「Freedom Convoy（フリーダム・コンボイ）」と呼び、彼らの車列や宿泊のテントによって都市は占拠された。

抗議者の数は警察の数を上回り、都市機能は停止。ジム・ワトソン市長は非常事態宣言を出した。彼らはたくさんの寄付金を受け取っており、ドナルド・トランプ前アメリカ大統領も、彼らへの支持を表明、カナダ首相であるジャスティン・トルドーのことを「極左の狂人」と呼んだ。

カナダ人のほとんどは、彼らを批判している。特にリベラルな人間の多いバンクーバーは彼らのデモ行為に対してだけではなく、彼らがそもそもワクチンの接種を拒んでいることに対して強い反感を持っているようだった。

例えば私の友人は、ワクチンを拒否することそれ自体を「陰謀論者の愚かな行動」と考えているると言った。マスクをつける、つけないが政治的な表明になってしまうアメリカと同じように、カナダでもマスクをつけない人たちは「そういう人たち」と括られることがある。つまり、「陰謀論者」で「トランプ支持者」だと。

バンクーバーがロックダウンした時、Sと信号待ちをしていた。私もSもマスクをしていたのだが、後ろからやって来た、自転車に乗った男性に話しかけられた。

「僕は、子供にマスクをつけることに反対なんだ。マスクを取ってあげるべきだよ。」

恫喝《どうかつ》するような感じは全くなく、むしろ丁寧な言い方だった。とても驚いた。「子供もマスクをつけるべきだ」と言われるのではなく、「取るべきだ」と言われるなんて。もちろん、彼もマスクをつけていなかった。驚いて何も言えないでいる私に、隣で一緒に信号を待っていたカップルの男性が、

「彼女は自分の子供に対して正しいことをしている。君もマスクをつけるべきだ。ボニー・ヘンリーがそう言っているのを知らないのか？」

そう言った。バンクーバーでは、コロナ禍に関して、ボニー・ヘンリーという医師であり州保健官の女性が、対応の舵《かじ》を取った。州政府が開く会見に毎日登壇し、冷静に状況を説明する彼女の言葉は、不安に怯える州民を安心させ、特に初期の対応は絶賛された。街のバーでは「ボニー・ヘンリー」なるカクテルが作られ、サイエンス・ワールドという科学館の広告には

彼女の幼い頃の写真が掲載され、「世界にはもっとギーク（賢者）が必要だ」と銘打たれた。つまり彼女はヒーローだった。

だが、自転車の男性からすれば、「マスクをつけてください」と言って、自分達から「自由」を奪うボニー・ヘンリーは忌むべき存在だったのだろう。彼は肩をすくめて、その場を去った。

カップルに「ありがとう、びっくりしたわ」と言うと、女性の方が、

「気にしんとき。あんなクソ野郎！」

そう言った。自転車の彼は、終始冷静で丁寧だった。暴力的なところは何もなかった。それでも、「マスクをつけない」という選択をしていること、それを他者にも求めることに対して、優しいバンクーバー人が彼女のように強い言葉を使うことを選ぶのだ。そして多くの人が、マスクをつけない人、ワクチン接種を受けない人、「自分達の自由」のために都市を占拠してデモをする人たちに、彼女と同じような思いを抱いているように思った。

フリーダム・コンボイはオタワだけではなく、バンクーバーにもやって来た。と言っても、オタワからわざわざ来た訳ではなく、バンクーバー近郊の支持者たちが集まってデモをしたのだ。つまり、バンクーバーにももちろん、ワクチン反対派がいるということだ。デモを目撃した夫が、

「デモ隊も乱暴だったけど、デモを見かけた人たちがデモ隊にFワードを叫んでいたり、中指を立てたりしていて驚いた。」

そう言っていた。

その頃から、カナダ国旗の持つ意味が変わってきた。バンクーバーに来たとき、家にカナダ国旗を掲げている人や、カナダ国旗柄のバスタオルやビーチチェアなどを使っている人がいるのを見て、微笑ましく思っていた。でも、フリーダム・コンボイのデモ隊がトラックにカナダ国旗を掲げ、「自由」のために戦い始めてから、国旗を使用することがある種の意味を持つようになってきた。ボンネットの両サイドに国旗をつけて走っている人を見ると緊張するし、国旗を掲げている家があれば、どんな人が住んでいるのだろうと勘繰ってしまう。

コロナが分断を生んだ、またはもともとあった分断を強化したと言われる。前述したように、コロナそれ自体に責任はない。人間を分断してやろうなんて微塵《みじん》も思っていないし、そもそも意図などないのだ。彼らはただ生まれ、分裂し、変異を繰り返しているだけだ。生きるために。

言うまでもなく、分断を生み、そして強化したのはコロナではなく、人間だ。人間は国境を作り、牢獄《ろうごく》を作り、隣の家との間に壁を作り、隣の街との間にも壁を作ってきた。そしてそんな人間も、生まれたからには生きたいと願う。生きたいから、変異を繰り返す。他者との間に、壁を作りながら。

人々は自分の国で難民となった。家族は愛する人を失い、家や村や町を捨て、古い隣人や親友は別々の道を歩み、時には互いに裏切ることもあった。このような事態はいずれ歴史

書に記されるだろう。だが、それぞれの立場から、自分たちの言い分しか語られないだろう。物語は、決して交わることのない平行線のように、決して触れることなく、対をなして進んでいく。

――エリフ・シャファク『The Island of Missing Trees』

手術当日、朝5時に起きると、外はまだ真夜中のようだった。

7時までは水を飲むことが許されていたので、白湯《さゆ》を飲み、顔を洗って服を着替えた。術後は、腕を上げることが出来ないので、前開きの服を着ておいた方がいいと言われていた。だから、前日から用意しておいた、コットンの白いパジャマを着た。日本にいる友人のリサが送ってくれたものだった。夫とSはまだ眠っていた。手紙を書いてテーブルに置いておいた。

『いってきます！　ママはかっこよく変身して帰ってくるからね！』

窓の外を見ていると、5時半ちょうどに、赤い車が現れた。マユコが迎えに来てくれたのだ。彼女は、毎朝4時半に起きている。洗濯をして、朝ご飯とハナのお弁当、そして夜ご飯も一緒に作ってしまう。時間があるときは週2、3回近所のスポーツクラブに行き、30～40分ほど泳いでから出勤するそうだ。

「おはよう。」

マユコの車の助手席に乗っていると、一緒に美容室に行った夜を思い出した。暗い道を一緒に走っていると、私はなぜか、マユコの体内に潜り込んでいるような気持ちになった。そして、そのままそこから出たくないと思った。でも、今は夜ではない。これから、夜が明けるのだ。セント・ポールズ病院に着き、マユコと廊下を歩いた。

「ハナはこの病院で生まれたんだよ。」

マユコが教えてくれた。6年前の10月に、ハナという美しい、そして強い少女が生まれたこの病院を、自分が歩いていることが不思議だった。病院は、あらゆる生の瞬間を記憶している。死の瞬間を記憶しているのと同じように。

付き添いの人は、待合室まで一緒に入れない、そう言われていた。なのに、マユコと一緒に待つことが出来た。誰にも何も言われなかった。

「さすが、ユルいね。」

そう言って笑い合い、順番を待った。センチネルリンパ節生検は、10分ほどで済んだ。注射がとても痛くて、声が出た（日記には、「バリクソ痛い」と書いてあった）。私の胸に、青いインクの染みが出来た（そして後に、青いおしっこが出た）。

それからまたマユコの車で、マウント・セント・ジョセフ病院に向かった。この病院は、私がマレカやイズメラルダと面談をした病院でもあるし、夫が胆石で激痛を訴えた時に救急に駆け込んだ病院でもあった。バンクーバーには数件の病院があるが、この病院の救急は比較的空《す》いていると聞いて、家から30分ほどの場所にあるこの病院まで来たのだった（それでも夫が戻ってきたのは9時間後だったが）。

マユコとは、受付で今度こそ別れなければいけなかった。長いハグをしてもらった。自分に

何かあったら、Sのことをお願い、と伝えた。マユコは、

「何言ってんのー、絶対大丈夫よ！」

そう言った。二人とも泣いていたが、やって来た看護師は明るかった。

「カナコやんな？　おっはよ～！　こっち来てな～！」

手術外来のユニットは、私のように日帰りで手術に来た人たちで溢れていた。中には、紙袋一つ持ってふらっと現れ、数時間後に目に包帯をぐるぐる巻いて、陽気に帰宅するおじさんもいた。手術までの時間が長いのは憂鬱《ゆううつ》だったが、そのおかげで色んな人を見ることが出来た。

案内されたのは部屋ではなく、カーテンで仕切られたスペースだった。そこにベッドがあり、それがそのままストレッチャーにもなっている。患者はそこで、後ろ開きの病院服に着替えて、待つことになっていた。この病院服には、もうすっかり慣れた。皆、後ろで結ぶ紐を結ばず、適当にぶら下げているので、下着が丸見えの人がたくさんいた。

とりあえずベッドに横になってみたものの、手術まではあと5時間弱ほどあった。私はスマートフォンを取り出し、ある動画を繰り返し見た。

日本にいる友人のリョウと、チエと、クニヒコが、手術の無事を祈って、ご祈禱《きとう》に行ってくれていた。リョウが祈禱中の様子や、その後に撮影してくれた、皆のメッセージを送ってくれたのだった。

初めてそれを見たとき、私は海辺のベンチに座っていた。動画を見ながら、みんなの言葉に何度も吹き出して、それから泣いた。笑いながら泣いている私を、小さな子供が不思議そうに

見ていた。

手術当日まで、私はそれを繰り返し見てきた。

時々、不思議な気持ちになった。皆は私に、この私にメッセージを送ってくれている。それは分かっているはずなのに、何故かそれは、「ニシカナコ」という誰か、こんなに愛されている誰かに向けて送られているメッセージだと思った。そして今それを見ている自分は、その愛にそっと触れている誰かなのだ、と。

がんを告知され、治療を進めてゆく中で、私は「私」の所在について、不思議な感覚を持つようになった。

治療で辛い時、辛いのは自分の心だ、と思った。治療で頑張っている時、頑張っているのは自分の体だ、と思った。私は自分の心を労《いた》わり、自分の体に感謝した。そして、そうやっている私は、ではどこにいるのだろう、と、ふと思うのだった。少なくとも、私の心そのものが私ではなく、私の体とは別のところに私がいた。何かが「自分」に起こっている時、その出来事と私には、いつもどこかに一定の距離があった。

辛くて泣いている時や、もう許してください、そう何かに乞うている時ですら、私は自分のことを離れた場所で「かわいそうだ」と思っていた。私は、いつも「ニシカナコ」を見つめている何かとしてそこにいた。

抗がん剤を投与している時、毎回、名前と生年月日を聞かれた。投与に間違いがあってはいけないからだ。担当の看護師からだけではなく、確認のために、別の看護師にも呼ばれる。そのたびに私は、名前と生年月日を繰り返した。

「1977年5月7日生まれのニシカナコです。」

自分が生まれた日と、自分の名前を繰り返し伝えていると、自分の存在が解体されていくような気がした。あれ？　私って1977年5月7日生まれなんやっけ？　私の名前って、ニシカナコなんや！　強烈な眠気を誘う投与中は、時々、自分が幾百にも分裂してゆく、奇妙な夢を見た。

私は、どこにいるのだろう。

遡《さかのぼ》れば、それは、告知された時の「まさか私が」という感覚に繋がっているのかもしれなかった。ステージ2Bのトリプルネガティブ乳がんを患っているのが「自分」だと、私は心のどこかで、どうしても認めることが出来ていなかったのではないだろうか。治療を受け入れながら、私はずっと、「こんなことが自分に起こるはずがない」と、きっと思って来たのだ。恐怖からくる離人かもしれない。生きたい、と強く願い、死ぬことに心から怯えている「ニシカナコ」を、私はやはり、一定の距離から眺めていた。

今から手術を受けて、ニシカナコは両乳房を失う（もしかしたらリンパも何本か）。そして日帰りで家に帰る。はあ、なんとも難儀なことやなぁ、ニシカナコとやら、大丈夫ですか？　そう思った。まどろんだり、本を読んだりしている間に、ニシカナコの手術時間は近づいてきていた。

11時半頃、ジェニファーという医師がやって来た。

「私たちはカナコの麻酔のチームやで。」

彼女のそばには、インターンのシリンもいた。二人ともニコニコと笑っていて、とてもカジュアルで、今から大きな手術を担当する人には、到底見えなかった。シリンが麻酔の説明をしてくれた後、ジェニファーに、

「タイレノール飲んだ？」

そう聞かれた。誰にもそんなことは言われていないし、手術に際する説明用パンフレットも何度も読み込んだが、何も書いていなかった。

「飲んでません。」

「え？　なんでやろ？　麻酔室に行く30分前には飲んどかなあかんねんけど。」

ジェニファーが困った顔をした。どんな些細なことであれ、ニシカナコに関係することで、医師に困った顔はしてほしくなかった。

「えっと、誰もそんなことは言ってなかったです。」

心臓がドキドキした。ジェニファーが、看護師を呼んだ。タティアというその看護師はとても明るい人で、手術外来を回っては、色んな人の緊張をほぐしていた。私がトイレに行く時も、肩を抱き、

「ハニー、寒くない⁇　毛布足そうか⁇」

そう言って、私を気遣ってくれた。

「彼女がタイレノール飲んでないって言うねんけど。」

「え？」

タティアは、私をじっと見た。

「いや、飲ませたで。」

驚いて、大きな声が出た。

「飲んでません！」

タティアは目を見開き、こう答えた。

「えー、飲ませたやん、ボニータ！」

その瞬間、頭の中で、音楽が流れた。ア・トライブ・コールド・クエストの「Bonita Applebum」だ。

Bonita Applebum, you gotta put me on
Bonita Applebum, I said you gotta put me on
Bonita Applebum, you gotta put me on
Bonita, Bonita, Bonita

それは、私の大好きな曲だった。Q-Tipの湿った、甘い声がたまらなかった（ちなみに、歌の中のボニータは、38インチ、97センチの胸を持っている）。

「あんた、ボニータやんな？」

「私は、ボニータではありません。」

そう言った時、思わず笑いそうになった。人生で、自分がこんな言葉を口にすることになるとは思わなかった。私の脳内では相変わらずあの曲が鳴っていたが、

「私はニシカナコです。」

そう言ったとき、無音になった。

「1977年生まれの、ニシカナコです。」

その時、「私」は「自分」になった。離れた場所にいた私が、自分の身体に根を下ろし、二重になっていた視線が、一つになった。私は私だ。私がニシカナコなのだと、その時、強烈に思った。ステージ2BのトリプルネガティブA乳がんを患い、抗がん剤治療に耐え、コロナに罹患し、そして今、BRCA2保持者であるがゆえに両胸を（日帰りで！）切除するのは、紛れもなくこの私なのだ。そう思った。

私は私だ。

だから、タティアには感謝している。彼女は思いがけない形で、私に私を返してくれたのだから。

ジェニファーは、シリンと何事かコソコソ話していた。そして、態勢を立て直して、こう言った。

「カナコ、じゃあ行こ！」

いや、行くんかい！　そう思った。

「まあ、タイレノールは念のためやし、飲まへんのやったら飲まへんなりになんとか……」

彼女はゴニョゴニョと何か言っていた。いやさっき、「飲んどかなあかん」って言うたやん！　あらゆることを言いたくて、というより、大声で突っ込みたくて、私はウズウズしていた。そしてそれは今は、英語ではダメなのだった。関西弁で、思い切り、振りかぶって、突っ込みたいのだった。私は確実に、私に戻っていた。

そのささやかな願いは、麻酔室で叶った。麻酔チームが私のベッドの周りで準備をしている時、タティアがやってきたのだ。

彼女は、

「カナコカナコ〜、もう間違えへんで、カナコ〜。」

そう言いながら、私の口に、真っ赤なタイレノールを3粒放り込んだ。めちゃくちゃ大きな錠剤に対して、コップに入った水は、お猪口《ちょこ》に入ったくらいの量だった。

「いや、飲めるかい！」

渾身《こんしん》の力を込めて、日本語で、関西弁で、叫んだ。

「ほんで、遅いわい！」

タティアは「パードン？」と言ったが、私が笑っているのを見て、彼女も笑った。そして、何とか錠剤を飲み込んだ私に、こう言った。

「グッドラック、カナコ〜！」

笑いが止まらなかった。横隔膜が震えて、腹筋が痛くなった。

「どうしたん？　カナコ？」

私の笑いは、麻酔チームに伝染した。みんな、何に笑っているのか分からないままに笑いながら、それでも粛々と手術の準備を始めた。彼らはプロフェッショナルだった。私は、爆笑しながら「バリクソ痛い」（再びそう、日記に書いている、タイレノールが効かなかったからだ、おいタティア！！！）麻酔の注射を打たれ、やはり爆笑しながら、手術室に運ばれたのだった。

ボニータ・アップルバム　僕を選んで
ボニータ・アップルバム　ねえ、僕を選んでよ
ボニータ・アップルバム　僕を選んでってば
ボニータ、ボニータ、ボニータ

目が覚めたとき、無意識でマレカを捜していた。

意識が途切れる前、裸で手術台の上に横たわりながら、彼女が私を覗《のぞ》き込《こ》んでいたのを覚えていた。

「ＯＫ、カナコ、始めるで！」

マレカは、他の医師や看護師に指示をしていた。多分、両乳房切除、リンパも云々《うんぬん》とか、そんなことだろう。でも、彼女の様子を見ていると、これから手術をする医師というより、厨房《ちゆうぼう》で采配を振るう料理人のように見えた。それも、フレンチとかイタリアンのシェフじゃなく、日本の居酒屋の板前のように。

「炙《あぶ》りしめ鯖《さば》1丁！　蟹味噌《かにみそ》コロッケ1丁、ホタテの釜飯《かまめし》は前菜が終わってからな！」

こんな感じだ。孤高の料理人、マレカ、そう思ったのが、私の最後の意識だった。

目覚めるまではあっという間だった。本当に、数分ほどウトウトしていた、と思うスピード感だった。目が覚め、「手術が終わったんだ」と思うまで、少し時間があった。だが、手術の終了を自覚した途端、私は急にパニックになった。息が出来ないのだった。吸っても少ししか肺に空気が入らず、私は叫んだ。

「助けて！」

そばにいた看護師が、私の肩に手を置いて言った。

「カナコ、大丈夫やで。パルスオキシメーターは正常やから。」

またそれかい！　そう思った。コロナの時と同じだ。パルスオキシメーターは正常に作動している、つまり酸素は十分吸えている。この苦しさは、ただパニックからきているのだ。

「大丈夫。」

そう繰り返す看護師の腕を摑《つか》んで、私は涙にむせていた。そして、そうしているうちに、また意識が遠のいた。

目が覚めると、同じ看護師が私を覗き込んでいた。彼女の腕を摑んだままだったから、数分、もしかしたら数秒しか経っていなかったのかもしれない。

「カナコが大丈夫そうやから、部屋を移るわな。」

いや、どこが大丈夫やねん！

今日は、まだまだ突っ込みで忙しくなりそうだった。

私が休んでいたのは、術後のリカバリールームというところで、手術外来と繋がっていた。看護師は優しかったが、とにかく早く移動させたそうだった。後が詰まっているのだろう。時計を見ると、5時を過ぎていて、なるほど、退院予定時間の3時は大幅に過ぎてしまっていた。

いや、そもそも無理あるやろ!!

仕方なく彼女に許可し、再び手術外来に戻った。今朝待っていたスペースとは別の場所だった。このまま眠ってしまいたかった。眠って、せめて1泊したかった。

手術外来に戻ると、すぐに別の看護師がやってきた。

「カナコ、どう？　もう歩けそう？」

いや、絶対無理や！

彼女も、とにかく私に早くリカバリーしてほしそうだった。

「調子が良さそうやから、ドレーンケアの説明するわな。」

どこが調子良さそうやねん！

体が動かせなかったので分からなかったが、私の体にはドレーンが繋がれているはずだった。

そして、私の胸はもうないのだ。痛みはなかったが、胸の辺りが、どこかきついような気がした。

「ちょっとまだ休みたい。ええ？」

そう言うと、彼女は「もちろん」と言って去っていった。結構あっさりしていた。無理せず、思ったことを言う方がいいと、改めて思った。

マユコも、ハナを産んだ時、1泊で帰れと宣告する看護師に、

「お願いします、あと1泊だけさせてください。」

そう、涙ながらにお願いしたそうだ。

「夫婦二人とも移民で、両親も親戚も近くにいないんです。子供の面倒を見るのは、私たちだけなんです。」

看護師はそれを許可し、マユコは晴れてハナと病院に2泊もできたのだった。

ベッドでまどろんでいると、マレカがカーテンの裏からヒョイっと、顔を出した。

「あ、起きてるやん！」

彼女はそう言った。私服で、バッグを肩にかけ、帰る気満々だった。

「カナコ、手術は無事終わったからな！」

そのまま「ほな！」と帰ってしまいそうだったので、慌てて止めた。

「マレカ！」

「何？」

彼女は、帰る体勢のまま振り向いた。

「あの、リンパは切除したんですか？」

「ああ、したで、3本。」

「3本。」

「ほな！」

いや、「ほな！」やないやろ！

しかし、マレカは本当に帰ってしまった。

リンパを3本取ったということは、やはり転移があったのだろうか。それとも予防で切除しただけなのだろうか。結局、何も聞くことは出来なかった。でも、そもそも自分の頭が朦朧として働かなかった。

5時半になると、さっきの看護師がやって来た。痺れを切らしたのだろう。彼女はルシェルと名乗った。

「カナコ、もう大丈夫やろ？　ちょっと体起こしてみて。」

観念して、恐る恐る体を起こした。ベッドに手をつくと腋《わき》が攣《つ》り、胸の横の辺りがズキズキと痛み始めた。手術着の両側から、ドレーンが出ている。Zoomで知っていたはずだが、ルシエルから改めて、ドレーンケアの説明を聞くことになった。

ドレーンの先には丸い排出バッグが付いていて、そこにはすでに血液が溜まっていた。この排出液の量を自分で測って、メモしないといけないのだ。最初の排出液は、ルシェルが紙コップに入れて取ってくれた。それから、血液が逆流しないように、排出バッグをぺちゃんこにしてから蓋をする。

「簡単やろ？」

そういう問題かい！

でも、自分でフィルグラスチムの注射を打つよりは、確かに簡単な気がした。自分の体に繋がっているという恐怖があるだけで、痛みもなかった。

「そろそろ、迎えの人呼ぶ？」

いや、どんだけ帰らせたいねん！

「カナコはもう大丈夫やと思うで。」

観念して、ベッドから出てみた。確かに、普通に立つことは出来た。頭はふらふらしていたが、身支度も自分で出来そうだった。手術着を脱ぐ時、腕を上げなければならず、それが怖かったが、ズキズキした慢性的な痛み以外に、新しい痛みはなかった。

胸にガーゼがきつく巻かれてあった。ガーゼの上からでも、自分の胸がもうないことが分かった。ガーゼが終わる辺りから、ドレーンチューブが飛び出している。もちろん両腋だ。ほう、と声に出た。

前開きのパジャマを着ることは出来たが、チューブが長くて邪魔だった。ルシェルに言うと、まとめて、安全ピンで服に留めてくれた。

「チューブを引っかけへんようにしてな。」

確かに、チューブが引っかかったらどうなるのだろう、と怖かった。引っこ抜けることはないだろうが、患部が引っ張られるのは痛いだろう。

チューブが短くなったので、パジャマの裾《すそ》から、丸いドレーンが二つぶら下がっている状態になった。何となく、信楽焼《しがらきやき》の狸《たぬき》の金玉を思わせた。もう、新しい血液が溜まり始めている。ルシェルが言った。

「服着た？　待合室で待ってて！」

いや、座って待たなあかんのかい！

仕方なく、コートを着てニットキャップを被《かぶ》り、マフラーをぐるぐるに巻きつけた。待合室は、寒いのだ。今朝、マユコと抱き合ったあの場所で、今は、胸のない自分が、フラッフラの状態で座っている。なんやこれ、そう思ったが、とにかく生きて帰ることは出来そうだった。

これからもしばらくは、Sの母でいられるのだ。

迎えは、ノリコにお願いしていた。看護師が早々に、ノリコに電話で連絡していた。夫には、すでにノリコが連絡をしてくれていたようだった。そして両親には、夫から連絡をしてくれていた。

友人たちは、術後すぐの退院に驚いてくれた。特に、リョウ、チエ、サヤカとのグループLINEには、詳細を全て伝えていた。

『日帰りきつすぎる‼』

『「ゆっくり休んでね」って言いにくいくらい深刻‼』

『休めるわけなさそうすぎる』

裾から飛び出しているドレーンの写真を撮って、皆に送った。

『看護師から「帰りに薬局寄って痛み止めもらって～！」て言われた』

『だから無理だって！』

『その状態で薬局寄るのコントじゃん！』

『「薬とかじゃないから！」ってツッコミ入るコント』

メッセージを見ながら、みんながいて良かった、と思った。私は待合室で一人座って、フラフラになりながら、声を出して笑っているのだった。

ノリコがやってきた。私を見てすぐに、受付にいた看護師二人に、

「カナコはなんで座ってんの⁉」

と言った。まさか座って待っているとは思わなかったので、驚いたらしい。

「ノリ～。」

そう言って手を振ると、

「カナコがそこにいるのは分かってる、でも、なんで、座ってんの⁉」

と繰り返した。カナダ暦の長いノリコも、私への処遇は信じられなかったようだ。しかし、看護師はヘラヘラしていた。ノリコは諦めたのか、

「なんか引受人としてサインとかした方がいい？」

そう聞いた。看護師二人は、

「え、いらんよ～、あんた、カナコの友達やんな？」

と笑った。ノリコは千葉県出身だが、その時ばかりは関西弁で突っ込みたかっただろうと思

う。

　ユル過ぎるやろ！

「術後、注意することは？」

　ノリコは、とことん私を心配してくれていた。でも、看護師はやはり、とことんユルかった。

「えーっと、しばらくは重い荷物持たせんといてな。」

「そうそう、さっきカナコの荷物持ったけど、めっちゃ重かったで〜！」

　手術まで時間があったので、リュドミラ・ウリツカヤの『緑の天幕』を持ってきていたのだった。数日前から読み始めていたが、ロシアの抵抗の物語を読んでいるまさにそのとき、ロシアがウクライナに侵攻した。私が自身の胸を平和に失っているその時、ウクライナでは、たくさんの民間人が殺されていた。


ゾーヤは勲章を家から持ち出しておいてよかったと思った。実際のところ、こうした軍の褒章品はどうでもよい物だったのだが。その後は次々と事態が進んでいった。将軍は降格され、褒章を剝奪され、投獄され、心神耗弱と診断された。だがゾーヤは夫に何の問題もないことをよくわかっていた。心神耗弱なのは国の方だった。

――リュドミラ・ウリツカヤ『緑の天幕』

　ノリコが薬局に寄って取って来てくれた痛み止めは、蛾《が》の幼虫？　と思うほど大きかった。

私たちが薬局に着いたのは19時で、閉店は20時だった。17時までしかやっていない薬局が多いし、もし麻酔から目が覚めなくて20時を過ぎていたら、私は手術当日に痛み止めなしで過ごさなければいけないところだった。

でも、結果、痛み止めは必要なかった。

両腋がズキズキする慢性的な痛みはあったが、我慢できないほどではなく、翌日から外を歩くことが出来た。重いものを持ってはいけないと言われていたが、花とドーナツならいいだろう、そう思って買った。コートで隠れていたが、私の両腋からはもちろんドレーンが飛び出していたし、そこにぶら下がっている排出バッグには、オレンジ色がかった血液が溜まっていた。

夕方、ファティマが家に来てくれた。

こちらのデイケアは、保育士の自宅で子供たちを見ることが多い（ファティマの前にSをお願いしていたアニーも、自宅で子供たちを見ていた）。ファティマの家は築100年ほどで、文化遺産に登録されている。そのため、家の中はいくらでも改装して構わないが、外観には手を加えてはいけないことになっている。我が家からたった1ブロック先にある、赤煉瓦色《あかれんがいろ》の美しい家は、Sにとって第二の家になった。

ファティマは、2008年に、夫のアレックスと共に、イランから移住してきた。私はイラン生まれなので（テヘランでの記憶はないが）、彼女には縁を感じていた。しかも、彼女は私と同じ歳だった。いつも背筋がスッと伸び、洗練された服を着て、鮮やかな赤いリップをつけて、髪を綺麗にカールさせていた（あまりに素敵だから、私は彼女に口紅と服をどこで買っているのか教えてもらったことがある)。保育士としても、とても優秀で、食事中のマナーや着替えの方法など、私には教えられないことをSに色々教えてくれた。

私のがんを知ってからは、ペルシャ料理を持ってきてくれたり、サンクスギビングにローストチキンを届けてくれたり、彼女の子供であるメリーノやエイジェンの洋服やおもちゃのお古をたくさんSにくれたりと、保育士の仕事を大きく逸脱して、私たちを助けてくれた。

彼女は、ピンク色の薔薇《バラ》の鉢植えと共に現れた。

「手術の成功おめでとう!」

そして、たくさんのデーツと、平べったいナンのようなパンのサンギャク、それに塗るピスタチオのスプレッドを持ってきてくれた。私は彼女にルイボスティーを淹《い》れた。Sと夫は公園に出かけていたので、二人でゆっくり話すことが出来るのが嬉しかった。

彼女は、去年の大晦日《おおみそか》に、父親を亡くしていた。

彼女の父親と母親は、彼らがバンクーバーで暮らすためにファティマが取得したビザを使って、こちらに滞在していた。2019年のある日、父親が腹痛を訴えた。運ばれた病院で検査をしたら、36年前に受けた盲腸の手術の後遺症で腸が詰まっていることが分かった。だが、分かったのはそれだけではなかった。リンパ球系のがんが見つかったのだ。数年前から患っていたようだったが、彼に自覚症状はなかったらしい。

コロナのために免疫が下がっていて、すぐに治療は開始出来なかった。彼は3ヶ月に1度、がんが進行していないか確認するために、全ての検査を受け直さなければならなかった。10ヶ月間は、それでも元気だった。最後の検査の後、2ヶ月後にコロナのワクチンが打てるようになるので、その後から治療を開始しようと、医師に言われた。

だが、彼にはもう限界だった。バンクーバーでの生活は、金もかかる。彼はイランに帰ることを決めた。イランで治療をしようと考えたのだ。

だが、帰国後のイランのコロナ禍は、カナダよりもひどいものだった。遅々として治療は進まず、カナダに戻るための不動産売却もままならなかった。ファティマは彼に、自分が生活費を出すと訴えたが、彼はそれを拒み、彼女もそれ以上強制出来なかった。

最後の2ヶ月間は痛みに満ちていた。彼は、背骨と腰の耐え難い痛みに襲われた。12月の3週目にようやく抗がん剤治療が始まったが、彼の体はそれに耐えることが出来ず、心臓発作で亡くなったのだった。

がんの治療のことを話すたび、ファティマはいつも私を励ましてくれた。そして同時に、こう言ってくれた。

「こんなに早く治療が始まったんやから、カナコはラッキーやで。絶対に治るよ。」

その言葉の背後には、彼女の父への想いがあったのだ。

ファティマは1977年、イランのイスファハンで生まれた。彼女の父親は織物工場を営んでいて、いくつかの工場を持っていた。母親はテヘラン出身で、ファテイマには他に3人の姉妹がいる。20年間イスファハンで暮らした後、テヘラン大学に進学した。それを機に、家族皆でテヘランに移ったそうだ。父はテヘランで、新しい工場を開いた。

少女時代をイランで過ごすこと、そして、青春時代をテヘランで過ごすことは、彼女をいつも「恐怖のどん底」にいる気分にさせた。

高校の時は、黒く醜い制服を着用し、髪の毛をいつも隠さなければならなかった。白い靴下を履くと、それだけで罰せられた。男の子と友達になったり、話をしたりすることすら許されなかった（大半の子は、親に隠れて話していたそうだが）。

大学にも自由はなかった。ロングブーツを履いて行くと警察に捕まり、牢屋に入れられた。メイクアップをすることも許されなかった。ファティマは今でも、自分がロングブーツを履いて、牢屋に入れられる夢を見るという。そして、警察官を見ると、数秒間息が出来なくなるそうだ。

「バンクーバーに来た頃は、家に誰かが来ると、いつも慌てて髪の毛を隠してたんよ。自由であることが、どうしても信じられへんくて。」

ファティマがいつも洗練された服を着て、鮮やかな口紅をつけ、豊かな髪の毛をカールさせているのは、ただ単に「着飾る」という目的のためだけではなかった。それは、彼女の立派で崇高な抵抗の証《あかし》でもあった。そういえばハロウィンの夜、道で偶然会ったファティマは、素敵なロングブーツを履いていた。それは彼女に、本当によく似合っていた。

私は、1977年、テヘランで生まれた。イラン・メヘール・ホスピタルという病院で、オストバールという名の素晴らしい医師に取り上げてもらった。だが、イラン革命が起こり、全てが変わった。私たちは1979年に、日本に緊急帰国した。

アメリカ政府は、すぐに自国民のための帰国便をチャーターした。ホメイニが「悪魔」と呼ぶアメリカ人には、命の危機があったからだ。だが、アメリカ人ほどではないにせよ、外国人というだけで危機にあった日本人に関して、日本政府の対応は「各々に任せる」というものだった。父の勤めていた会社も、父に「自主的な判断で避難を」と伝えていたようだ。そう言われても帰ることが出来ないのが日本人だ。特に、一人駐在で責任があった父は残ることに決め、母と兄、そして私だけが先に帰国した。4歳の兄と1歳半の私を連れ、混乱のテヘランに夫を残して帰国した母の気持ちはどのようなものだっただろうと、今も時々考える。

経由地の香港で、母は私に犬のぬいぐるみを買ってくれた。兄が、

「カナコは飛行機でいい子にしていたから、これを買ってあげて。」

そう言ってくれたらしい。実際の私は、機内食をぶちまけ、母の手を逃れて機内を徘徊《はいかい》し、とてもじゃないがいい子とは言えなかったが（むしろ、いい子なのは兄の方だ）。

そのぬいぐるみは、まだ持っている。スヌーピーに似た、なんとも素朴なぬいぐるみで、耳はちぎれかけ、腹も縫い目が裂けて綿が飛び出している。私はそれを、バンクーバーまで持ってきた。トランジットの経由地で買ったので、Sが「トランジットちゃん」と呼んでいる。

帰国後、母は父の会社へ赴いた。そして、父の上司に、直々に訴えた。

「自主的な判断で、ということだと、夫は帰れない。テヘランは相当危険な状態だから、どうか帰国命令を出してほしい。」

結果、父は会社からの命令を受け、やっと帰国の途に就いた。父の乗った飛行機は最後の民

間機だった。その後、残った日本人は陸路でトルコに逃れた。強盗に襲われ、おそろしい思いをした人もいたようだ。

１９８０年にはイラン・イラク戦争が起こった。何千発もの砲弾がテヘランに落とされ、たくさんの民間人が命を落とした。私たちは長く続く戦争を、ニュースで見ていただけだった。何もかも変わってしまったイランで、独裁と戦争に怯える少女たちがいたことを、当時の私は考えもしなかった。そこには、ファティマがいた。私と同じ年の彼女が、家族と共に、恐ろしい夜を過ごしていたのだ。

ファティマの母は、夫の死後、それでもイランに残ることを決めたらしい。どれだけ恐ろしいことがまかり通っていても、そこは彼女の母国だ。結果、彼女のカナダでの永住権は、失効してしまった。

カナダの永住権は、取得後、自動更新されるわけではない。５年の期限があり、その度に更新する。カナダでの永住権を証明するＰＲカードは、早めに更新をしておいた方がいいと、皆が言う。移民局の対応が、その時の政治状況などによって変わるため、なかなか発行されないこともあるからだ。カナダは、あらゆる国から難民を受け入れるため、その度に通常のビザ業務が後回しになる。

例えばスティーブンと結婚したトモヨは、仮のＰＲカードが発行された時点で、長らく帰っていなかった日本への一時帰国をした。帰国中に本カードが発行されるだろう、それを彼に日本まで送ってもらおう、との目論見《もくろみ》だったが、待てども待てども発行されず、トモヨは日本滞在を延長しなければならなかった（同じ理由で、チエリもかつて日本滞在を6週間延ばしたことがあった）。観光ビザなどでカナダに入国することは出来ないのか、そしてカナダでPRカードの発行を待てばいい、と、素人の私などは思うのだが、それは許されないらしい。

トモヨは延長した日本滞在を楽しんではいたが、スティーブンが実家に帰る予定があったため、それまでに帰国しなければいけなかった。彼らには一緒に暮らすマルという猫がいて、彼女を1匹にしておけないからだ。そもそもPRカードがいつになったら発行されるのか全く分からないため（移民局にアクセスしても、「処理中」と言われるだけで、「いつ」かは知らされなかったそうだ）、随分気を揉んだ。PRカードの代わりに入国の証明になる渡航文書（トラベルドキュメント）を発行してもらうために、フィリピンにあるカナダ大使館までパスポートを送付しなければならず、それも間に合わないかもしれないと、シアトルから陸路でバンクーバーに入ることも考えた（陸路で入る場合の入管では、PRカードは不要らしい。それもどうしてなのか分からないのだが）。

結局彼女はトラベルドキュメントで帰国し、無事PRカードを手に入れることも出来たのだったが、こういった移民局や政府の対応の遅れについては、あらゆる場所で耳にする。最近は特に、コロナがもたらした影響がある。

永住権だけではなく、市民権を得た移民たちのパスポートの発行が遅れていることも、ニュースになっていた。パスポートが発行されないと、PRカードどころの問題ではない。そもそも国外に出ることも許されないからだ。ニュースでは、「母国にいる病床の母に会えない」、そう言って、インド出身の女性が泣いていた。

PRカードを得たからといって、万事OKではない。まず、5年間のうち2年間以上はカナダに住んでいる必要がある。ファティマは母の永住権が切れることを心配し、イランにいる彼女を何度もバンクーバーに呼んだが、ずっと及び腰だったそうだ。結果、申請に必要な滞在日数を稼げず、せっかく得た永住権は失効した、ということらしかった。

ファティマは潔かった。

「もちろん色々手は尽くしたけどなぁ。本人がイランにいたいんやったら、仕方ないやん⁉」

日本にいたときは、自分がその国に居住するために、多大な努力をする必要などなかった。引越しの際に住民票を移動するだけで「面倒」だと思っていたくらいだ。だが、「この場所にいたい」というそのシンプルな願いを叶えるために、私たちは、ときに膨大な書類を用意し、テストをクリアし、基準が不透明な審査をくぐり抜けなければならない。

私は、カナダでは他者だ。一時的に住んでいる外国人でしかない。長く滞在できるビザが切れても、半年間の観光ビザを更新してゆく方法はある。でも、そうなると公的医療保険のMSPが取得できず、運転免許証も更新できない。あらゆる恩恵が剝奪されるのだ。

当然といえば当然のことかもしれない。でも、「いたい場所に平穏にいることが出来る」ことを当然だと思っていた私にとっては、その気づきは重要だった。そして同時に、自分の無知と特権を知る瞬間でもあった。

例えば私は自分のことを「日本人」だとすら思っていなかった。ある人が、

「アジアにアジア人はいない。」

そう言っていた。その言葉は、そのまま日本人にも当てはまるのではないか。日本に、「日本人」はいない。少なくとも私は、自分が日本人であることを、こちらに来て初めて意識することになった。いや、初めてではない。思い出したのだ。

幼い頃は、その感覚を持つことが出来ていた。エジプトにいたとき、言語化出来ないまでも、自分はこの国の人間ではない、他者である、という感覚を持っていた。日本に帰国してからも、しばらく私は他者であり続けた。日本の学校に馴染めず、皆と同じものを食べることが出来ず、給食時間が憂鬱だった。でも、私はいつの間にか慣れ、馴染み、あっという間にマジョリティの仲間になっていった。自分の他者性を捨てることで皆と近づき、集団に溶け込むことは息をすることを楽にした。それは同時に、他人の他者性を忘れ、マイノリティの存在をなきものにすることを受け入れることだった。私は「当然」を手に入れ、「普通」の中で穏やかに暮らしていたが、その陰で、「そこ」にいようとあがき、そしてそれが叶《は》わず、あるいは許されず、苦しんでいる人たちがいることに、長らく、本当に長らく思いを馳せなかった。

2021年3月、名古屋出入国在留管理局に収容されていたラスナヤケ・リヤナゲ・ウィシュマ・サンダマリが死亡した。彼女は元々、スリランカから留学の在留資格を取って日本に来ていた。だが、同居人男性の暴力によって学校を休みがちになり、除籍処分を受け、同時に不法滞在の状態になった。DV被害から逃れるため、交番に駆け込んだが、彼らは彼女を不法滞在者として扱い、管理局に収容した。劣悪な環境で体調不良を訴えていたが、適切な治療が施されなかったため、死に至った。

誰かが「そこ」にいたいと思うその気持ちを踏《ふ》み躙《にじ》るのは、単純に制度だけの問題ではない。適切な書類を得ていても、適切な審査を通っていても、誰かが存在するというその事実に、我々が適切な敬意を払うことがなければ、その人の存在は途方もなく脆弱《ぜいじゃく》なものになる。ウィシュマを殺したのは制度であり、私たちの徹底的に敬意に欠けた態度だ。LGBTQIA+の人々の自殺率が高いこと、家のない人々への差別的な視線、薬物を使用せざるを得ない人生を歩んでいる人たちの排除、その他、と括ることすら残酷な事象の原因は、ほとんど同じ場所から来ている。私たちの心だ。

バンクーバーで暮らすことは、あらゆる「他者」と共に暮らすことでもある。彼らは、あらゆる場所から、あらゆる背景と共にやってくる。中には母国で存在することすら許されなかった人もいる。その人がその人のままでいられない、その人が望む生を送れない場所を、果たして国と呼べるのだろうか。

同じ年に生まれ、束の間同じ場所にいたファティマと私は今、他者として、この地で向かい合っている。

「子供たち、特に娘には、絶対に私と同じ経験をさせたくない。彼女たちのためなら、私はなんだってする。」

彼女がくれた薔薇は、綺麗な花を咲かせた。美しく強い、まるで、ファティマそのもののような花だった。

読者よ、どうか私たちの姿を想像していただきたい。そうでなければ、私たちは本当には存在しない。歳月と政治の暴虐に抗して、私たち自身さえ時に想像する勇気がなかった私たちの姿を想像してほしい。もっとも私的な、秘密の瞬間に、人生のごくありふれた場面にいる私たちを、音楽を聴き、恋に落ち、木陰の道を歩いている私たちを、あるいは、テヘランで『ロリータ』を読んでいる私たちを。それから、今度はそれらすべてを奪われ、地下に追いやられた私たちを想像してほしい。

――アーザル・ナフィーシー『テヘランでロリータを読む』

翌日から、筋トレを始めた。首を上下左右に動かし、肩の上げ下げをし、腕を前方に伸ばす運動は、手術翌日から薦められていたが、私はそれに、腕を使わないスクワットも加えた。胸と腋は痛んだが、痛み止めを飲むほどではなく、ドレーンに排出される血液も、思ったほど多くはなかった。

手術から2日後には、指示されて地域の医療センターへ行った。そこに在駐している看護師が、傷跡のガーゼを替えてくれた。私はそこで、初めて自分の手術痕を見た。

両胸があったところに、2本の赤い線が引かれていた。真っ直ぐ、定規で引いたような線だった。

「綺麗やなぁ！」

看護師がそう言った。私もそう思った。本当に綺麗な傷跡だった。マレカの腕は間違いなかった。私は早々に、新しい自分の身体を好きになった。

その日はそのままノリコたち家族とSulaという素敵な店でインド料理のランチを食べ、翌日はコニーと、大好きなFableというレストランでハンバーガーとフレンチフライを食べた。

手術から1週間後、左胸のドレーンを抜いた。

排出液が30ミリリットル以下なら抜いていい、ということだったのだが、その日に限ってメモをしたノートを忘れてしまった。なので確実に30ミリリットルより少なかった左胸のドレーンだけを抜いてもらうことにした（結果、家に戻ったら、右胸の排出液も20ミリリットルほどだった）。

看護師がドレーンの管を引っ張ると、私の左胸が強く軋《きし》んだ。皮膚が強く引っ張られる感じがあった。我慢できないほどの痛みではないのだが、皮膚がメリメリと裂けるような気がして、とても怖かった。

「硬いなぁ、おかしいなぁ？」

そう言いながらも、看護師は容赦なかった。彼女が思い切り引っ張り、管が抜けた瞬間、血《ち》飛沫《しぶき》が飛んだ。彼女の顔は私の血でスプラッタのようになり、それに驚いた彼女は、なぜか爆笑した。

「うわー、こんなん初めて!!」

私の左胸から引っ張り出された管の先は、デジタル体温計くらいの大きさだった。無数の穴が開いていて、そこから排出液を吸い取る仕組みになっている。こんな大きなものが自分の皮膚の中に入っていたことが信じられなかった。そしてそれを、麻酔なしで引っこ抜いたことも。左胸の穴から血を流しながら、私は呆然としていた。

「これで押さえて、ちょっと待っててな。顔洗ってくるわ！」

看護師はそう言って、私にガーゼを渡した。そして、カーテンを開けて出て行った。私は一人残されたが、彼女が、他の看護師に「見てー、私の顔！」、そう言っているのが聞こえた。自分の顔の写真でも撮っているのではあるまいか。そしてそれを、インスタグラムか何かにアップしているのではあるまいか。それくらいの明るさだった。彼女のおかげで我に返り、私も一人で笑った。

翌々日には、右側のドレーンも取った。恐怖に怯えていたが、看護師のアシュリーは、「私これに慣れてるから任せて。」

そう言った。アシュリーは本当に慣れていて、ドレーンを抜くのにも、左側ほど痛みと恐怖を感じなかった。彼女は何度か休憩をして、私に深呼吸をさせた。

「いい？　いくで？　吸ってー、吐いてー！」

そうやって引き抜かれたドレーンは、左側の倍ほどの大きさのものだった。アシュリーも驚いていた。

「こんなんどこに入ってたん⁉」

アシュリーの隣にはインターンのナディーンがいて、これが彼女の初めての現場らしかった。

私はナディーンに、自分の傷跡の自慢をした。

「綺麗やろ？」

ナディーンも私も、興奮していた。

「うん。めっちゃ綺麗！」

自分が成し遂げたことが誇らしく、私は帰り道に小さなピアスを買った。いつもなら、コーヒー屋に寄ってオートラテを買うところだった。でも、興奮したままフラッと入ったお店で、ファティマの手と、ホルスの目のピアスを見つけた。ひと目見た瞬間、私にはこれが必要だ、と思った。エジプトの守護のシンボルは、きっとこれから私を守ってくれるだろう。体に穴を開け、血だらけで勝ち取ったものを、私に思い出させてくれるだろう。

邪魔すんならGet out of my way
生きてるだけですごいでしょ
もうtoksikなのはいらないわ
つまんないプライドなんてGo away
作りましょうbrand new bible
型にはまっては息苦しい

――Zoomgals「生きてるだけで状態異常」

クリスティーナと、家の近所のカフェでランチを食べた。

クリスティーナは、UBCに勤めていて、前近代日本文学と、文化の研究をしている。生徒思いの素晴らしい教授であると同時に、いつも誰かのために奔走しているアクティビストでもあった。

バンクーバーに来て、最初に会ったカナダ人が彼女だ。着いてたった2週間後のクリスマス、私たちは彼女の家でクリスマスディナーをごちそうになった。保育の勉強もしているクリスティーナは、子供と遊ぶのが本当に上手だった（Sは、出会ってすぐに、クリスティーナの背中に飛び乗っていた）。彼女の家には、彼女の母が幼い頃の彼女のために作った、とても可愛らしいぬいぐるみが置いてあった。破れているところは丁寧にかがってあった。彼女がそれを、大切に保存していることが分かった。

クリスティーナの友人で、同じくUBCの建築学科の教授のマリと夫のマイク、そして娘のアリタと、作家であるビルと、イラストレーターであるビルとは、一緒にスタンレーパークで花見をした。クリスティーナは「日本風」の花見をしよう、と言って、日本酒とブルーシートを持ってきた。日本食スーパーでテイクアウトしたスシとキンピラゴボウ、カボチャの煮付け、大福餅を食べながら、私たちはクリスティーナとビルたちの話を聞いて笑い転げた。彼女のおかげで、バンクーバーでの滞在が、とても豊かなものになった（抗がん剤治療中にずっと被っていたニットの帽子も、クリスティーナの弟のジュリアンが編んでくれたものだった）。

クリスティーナは、少し遅れてやってきた。その日は、「スタンド・ウィズ・ウクライナ」

のデモをたった一人でしている生徒と共に、キャンパスに立った後にやってきたのだった。

私は彼女に、両乳房を全摘出したこと、傷口を見て、あまりに綺麗でうっとりしたことを話した。

「思うんやけど、うちが今インスタグラムに上半身裸の写真を投稿したらどうなるんやろうな？」

それはもちろん冗談だった。私はインスタグラムのアカウントを持っていないし、他の誰かの投稿を見ることも出来ない。でも、マドンナが、自身の乳首が少しだけ写っている写真を投稿して、インスタグラムに削除されたことは知っていた。

「乳首はないから検閲されへんやろ？　でも、女性の裸ではあるわけやん？」

そう言うと、クリスティーナは笑った。

「ほんまやな、やってみたらええやん。」

「こないだ読んだ記事で、日本の若い子たちがずっとマスクをし続けているせいで、人前でマスクを取るのが恥ずかしくなってしまってる、て書いてた。今までは普通に見せてたものも、隠し続けると恥ずかしくなるんやな。乳首も隠し続けてたから恥ずかしいだけで、ずっと出してたら恥ずかしくなかったんやろうな。」

私が言うと、

「時代や地域によっては自毛を見せるのが恥ずかしかったり、帽子を脱ぐのが恥ずかしかったりしたんやもんな。」

そう、クリスティーナが言った。

あらゆる事柄は、時代と文化によって変わるはずだ。なのに、昨今の「美」の基準は、一定して変わっていない気がする。ボディ・ポジティブ、ボディ・ニュートラル、という言葉が聞かれるようになって久しいし、バンクーバーに住んでいる限り、前述した通り、自分達の身体を脅かすような扇情的広告を目にすることはない。それでも女性は、特に日本の女性は、あらゆる美の基準に自分を照らし合わせることを求められているように思う。

私は日本の雑誌が好きで、こちらに来てからも、インターネットでちょくちょくチェックしていた。自然、40代をターゲットにした雑誌を見ることが多いのだが、どうしても目につくのが、「NGコーデ」や「オバ見え」「若見え」「イタ見え」などという言葉だ。

40代には40代に向けた「適切な」コーディネートや髪型があり、老けて見えてはいけない。つまり、「オバ見え」ではなく「若見え」を目指すべきだ。だが、年齢を考えず、好きな服や髪型にトライするのは危険だ、なぜならそれはあなたを「イタいおばさん」に見せるから。

40年以上一生懸命生きて来たんやから、ええ加減好きな恰好させてくれや、と思うし、実際私は、自分の好きな恰好をしている。コンバースのスニーカーも履くし、二の腕だって見せるし、背中の開いた服も着るし、お腹が見える丈のTシャツだって着る。でも、それが出来ているのは、自分がバンクーバーにいるからなのかな、そう考えてしまう時がある。

例えばマリは、いつも素敵な恰好をしている。イタリア人と日本人のミックスである彼女は、私よりも少し年上だ。私のように、日本だったら、「オバ見え」とか、「若見え」などと気にしなければいけない年齢だ。でも彼女は、大胆に足を出したスカートも穿くし、髪の毛を綺麗な金髪にも染めるし、カラフルな靴下も楽しむ（そういえば私はこちらで、あの忌々しいストッキングというやつを穿いている友人を見たことがない）。そのどれもが、彼女に驚くほど似合っている。

マリは、自分の加齢についても臆せず、そしてユーモアたっぷりに話す。

「生理が来なくなってさ、妊娠した？　それとも上がったん？　どっち？　て思ったわ！」

そう言って笑うマリは、本当に眩しかった。マリに会って、そしてハグしてもらうと、自己肯定感がみるみる上がる。私は元々自分のことが好きな、いや、大好きな方だが、それでもマリといると、私が私でいるだけで、世界中から祝福してもらっているような気持ちになる。自分自身でいることを心から楽しんでいるマリのその力が、私に伝染するからだろう。そしてそこには当然、「NG」の概念などない。

そもそもどうして、ファッションにNGがあるのだろう。もちろん、冠婚葬祭にはこの概念はある程度必要だと思う。でも、誰も傷つけないはずの、自分を幸せにするために楽しむファッションに「やってはいけないこと」があるのはどうしてだろう。

中でも気になるのが、「見え」という表現だ。これは、自分がどう思うかではなく、誰かからどう見えるか、に重きを置いているということだ。「高見え」、などという言葉もある。安い値段、「プチプラ（プチプライス）」と呼ばれる衣類やバッグでも、いかに他人から「高く見えるか」が大切なのだ。

友人が以前、ある雑誌の、衝撃的な特集タイトルを教えてくれた。

「びっくりすんで？　「幸せそう」って思われたい！　やで？」

本当にびっくりして、泡を吹きそうになった。「幸せになりたい！」ならまだ分かる。能動的な願いだ。でも、「幸せそう」って思われたい、とは、そこにもはや自分の意志はない。ただただ他人から自分がどう思われているか、という考えだけに乗っ取られている。「幸せそう」に見えて不幸な人より、「めっちゃ不幸そう」に見えて幸せな人の方が、私はよっぽどいいと思うのだが。

両乳房を切除し、再建もしないと決めた私に、何人かが「カナコは勇敢だね」、そう言ってくれた。私は自分のことを勇敢だとは思わなかった。決断にそれほどの決意を必要としなかったし（イズメラルダのおかげだ）、傷口を見たとき、「なんてかっこいいんだろう」と、心から思った。

もしかしたら私は、他の人から見れば「かわいそうな女性」なのかもしれない。でも私は、自分のこの体を、心から誇りに思っていた。人生で一番自分の体を好きになった瞬間かもしれなかった。

ずっと、小さな胸がコンプレックスだった。

テレビや雑誌では、大きな胸の女性が褒め称えられていて、一方小さな胸の女性は、小さな胸である限り、小枝のように痩せていなければならなかった。

「俺は小さな胸の女性が好き。」

そう言う男性に何人か会ったことがあるが、そう言う彼らはどこか誇らしげで（「ほら、他の男と違うだろう？　俺は？」的な）、中には、「だって小さな胸の人って恥ずかしがるじゃない？　それがいいんだよ。」などと、堂々と言う人までいた。つまり、小さな胸の女性は、その胸を恥じないといけないということなのだった。

もっと若い頃には、乳首の色問題があった。私たちが10代、20代の頃、「乳首の色が濃い人は性的に奔放」という、謎の情報が出回っていた。そしてそれはもちろん、医学的にはなんの根拠もない、完全な偽情報だ。でも、女性誌には、「ヴァージン」や「ピンク」を強調した乳首の漂白クリームの広告が掲載され、テレビでは、「レーズンみたいな乳首」と言われて女性芸人が揶揄されていた。

今思うと、そもそも性的に奔放で何が悪いねん、と思うし、レーズンは可愛いし、ヴァージンとピンクは全く関係ない。そもそも、胸の大きさや形で、私たちの価値を評価されるなんておかしい。

年を経るごとにその思いは強くなったが、長らく自分の身体にかけられていた呪いを解くことはなかなか困難だった。つまり、心のどこかでは、やはり胸に対するコンプレックスは消えていなかった。でも、それらを全て失った今、私はなくした胸に対して、言いようのない愛情を感じた。「どう見えるか」なんて関係なかった。大きさなんて、形なんて、乳首の色なんて、関係なかった。私の胸は、本当に、本当に素敵だった。医療廃棄物として処理されたであろう私の胸と乳首に、私は今、心から謝罪したい。そして、感謝したい。

さて、今、平坦な私の胸は、これ以上ないほどクールだ。そして、平坦な胸をしていても、もちろん乳首がなくても、私は依然女性だ。

前述したが、私はBRCA2の変異遺伝子があるので、がんの予防のために、将来的に卵巣の切除もする(抗がん剤治療の影響で、生理はもう止まっている)。もしかしたら子宮も取った方がいいかもしれないと、遺伝子医学の医師が言っていた。

乳房、卵巣、子宮、という、生物学的には女性の特徴である臓器を失ったとしても(ちなみに今私は坊主頭だが)、それでも私は女性だ。それはどうしてか。私が、そう思うからだ。私が、私自身のことを女性だと、そう思うからだ。

身体的な特徴で、自分のジェンダーや、自分が何者であるかを他者に決められる謂《いわ》れはない。自分が自分のことを女性だと思ったら女性だし、男性だと思ったら男性だし、女性でも男性でもどちらでもないと思ったら、女性でも男性でもない。私は私だ。「見え」は関係がない。自分が、自分自身がどう思うかが大切なのだ。

私は、私だ。私は女性で、そして最高だ。

3月10日　マレカに会う。手術の結果、私のがんは消えていたそうだ。「こんなこと滅多にないで?」と彼女は言った。嬉しくて泣いた。マレカは、泣いている私の肩を叩いて、「ほな!」と言って出ていった。相変わらず恰好良かった。みんなにメールをして、それから、一人でカフェに行った。前から行きたかったカフェが、病院の近くにあったから。Le Marché St.George は、思ったより狭かったけど、とても素敵だった。甘いクレープを食べた。カフェオレにも久しぶりに砂糖をたっぷり入れて、自分を祝福した。キャンサーフリー、という言葉を、何度も噛み締めた。私はキャンサーフリーだ！　私は生きている！

5　日本、私の自由は

ここで、語ることを終えられたらいいなと思う。カフェでクレープを食べたあの日で、終わりに出来たら。あの瞬間が、私のがん治療のクライマックスだった。脳内は美しい音で満たされ、舌に触るものは優しく、目に見えるものはヴィヴィッドだった。私が小説家なら（実際そうなのだが）、ここで物語を終えるだろう。でも、現実の人生は続く。そして、私の治療も続くのだ。

キャンサーフリーとなった私も、トリプルネガティブ乳がん、そして変異遺伝子保持者として、放射線治療を受けることは変わらなかった。タームは3週間。土日を除いて15日間、毎日病院に通わなければならない。放射線技師のウォンは、綺麗にプレスされた赤いパンツを穿いていた。私の傷口を触る手つきや、具合を聞く時の口調から、優しく、信頼出来る医師だとすぐに分かった。いつも、彼女のような医師に巡り会える私は恵まれている。ロナルドにマレカ、そしてウォン。ロナルドは第1子が出来るので、8ヶ月の育児休暇を取ることになった。

「おめでとう！」

私がそう言うと、彼は嬉しそうに笑った。そして、キャンサーフリーになったカナコを見届けることが出来てとても嬉しい、そう言った。医療従事者の不足は深刻だが、医師もきちんと休みを取ることが出来る体制は大切だと思う。

ウォンにことわって、放射線治療が始まる前に、日本に一時帰国することにした。バンクーバーに来てから2年と数ヶ月、一度も帰国していなかった。来て早々にコロナ禍になり、フライトの規制がどんどん厳しくなったのだ。時には、いよいよ日本は鎖国してしまうのではないかと不安になるほどだった。

PCR検査の結果が陰性であれば、日本帰国後の7日間の隔離（その前は2週間だった）は免除されると聞いた。今後またいつ規制が厳しくなるかも分からない。夫と相談して、慌ててフライトチケットを取った。なんとしても両親に、そして心配してくれた友人たちに会いたかった。

約3週間の旅程を組んだ。問題は、エキのことだった。彼はすっかり元気になっていたが、もちろん3週間1匹で置いておくわけにはいかない。1週間ほどの旅行の場合は、キャットシッターや近所に住んでいる友人に家を訪れてもらい、彼の世話をお願いしていた。でも、3週間となると話が違う。彼はとてもシャイで臆病なので、ペットホテルに滞在させることは考えられなかった。チエリが、「家でエキを預かるよ」、そう言ってくれ、それはもちろんとてもありがたかったのだが、違う環境を極端に嫌うエキに、果たしてそれが可能か悩んだ。エキと一緒に、我が家に誰かが住んでくれるのが一番安心なのだが、そんな人は見つかるだろうか、そう悩んでいた矢先、ある人に出会った。

キャットシッターのサイトで知った、トリッシュという女性だ。彼女に事情を説明すると、「じゃあ、私がそこに住むわ」、そう言ってくれた。あっさり承諾してくれたことに驚いたが、彼女は元々バックパッカーで、フットワークの軽さはお墨付きだった。しかも彼女は、私の家から2ブロックほどのところに住んでいた。「猫がいないと死ぬ」と言うほどの猫好きなのだが、彼女のパートナーが重度のアレルギーで、一緒に住むことができないのだと言う。ずっと猫を保護するボランティアに参加していて、16歳で安楽死させられそうになっていた猫を引き取り、19歳で自然死するまで一緒に暮らしたこともあったそうだ。

「ちょっとでも猫をチャージせんとあかんねん！」

話が決まると早かった。彼女は早速我が家を訪れてくれた。家の設備や、エキの体調に関して、彼女と細かく話し合った。彼女がいる間、エキは一度も姿を現さなかったが、猫に慣れた彼女には、それも想定内のことだった。

「オッケー、エキはシャイなんやな！」

バンクーバーは、いわゆる民泊のAirbnbの利用が発達していることもあり、知らない人を家にあげることや、友人に家の隅々まで見られることに、あまり抵抗がないように思う。友人の家に遊びに行くと、ホームツアーと称してトイレから寝室、ありとあらゆる場所を見せてもらえるし、長期の旅行に行く時は、自分達の家を友人に貸すのは合理的だと考える人も多い（中には、車を貸す人もいる）。隣に住む大家のショーンも、あっさりOKしてくれた。

ＰＣＲ検査は、日本政府が指定している検査方法を採用しているクリニックに行かなければいけなかった。鼻腔採取はとても痛いので（救急で経験済みだった）Sには酷だろうと考え、唾で採取出来、なおかつ日本の基準をクリアしているクリニックをトモヨに教えてもらった。彼女も、一足先に一時帰国していたのだ（そしてその後、ビザの問題で足止めを食らったのだったが）。正直、高額で驚いたが、帰国するためには止むを得ないと思った。

結果が出るまでは落ち着かなかった。祈るような気持ちだったし、実際毎日、祖母たちに祈った。罹患にはもちろん気を付けているつもりだったが、何があるかは分からない。Sはずっとデイケアに通い続けていたし、子供達はマスクをつけていない（というより、ほとんどの大人もつけていない）。バンクーバーはおおむね「通常」に戻っていた）。いつまたどこで罹患するかは、全くの未知だ。だから、「陰性」の通知メールを受け取ったときは、深夜に夫と喜びを分かち合った。そして寝室で、祖母たちに礼を言った。

寝室には、ずっと蜘蛛がいた。以前数匹いた小さいのではなく、3センチくらいの大きさの、手足のとても細い、身体が透明な蜘蛛だ。彼女（だと、私は思っていた）は、私のベッドの横にある加湿器の裏で、美しい蜘蛛の巣を張っていた。私は毎晩祈っていたのだが、目を開ける時、いつも彼女が見えた。

「無事日本に戻れますように。」

彼女の細い身体は、濡れたように光っていた。

私たちには、まだ難関があった。成田空港でのPCR検査だ。ナオが年末に帰国した際、成田空港でのPCR検査で陽性反応が出て、ニコとレイ、二人の子供と1週間のホテル隔離を余儀なくされたのだ。彼女は出国前のPCR検査では陰性だった。つまり機内で罹患したか、出国前の検査ではなんらかの理由（潜伏期間とか？）で反応が出なかったかだ。そうなると、渡航はほとんど博打《ばくち》だった。

およそ10時間のフライトを、Sは心から楽しんでいた。持参したヘッドフォンを着けて映画を観て、機内食を平らげ、眠たくなったら私と夫の膝に体を投げ出して眠った。

ほんの数年前までは、Sと飛行機に乗ることは大仕事だった。Sはグズらない方だったが、映画を観続けることは出来なかったし、機内食も上手に食べることは出来なかった。だから日本からこちらにやってくる時は大変だった。子供の成長を思い、機内でしみじみした。まさか自分がゆっくり映画を観られるようになるとは。

私たちの前の席には、カムループスからやってきた女性が座っていた。彼女は、2歳の女の子と、10ヶ月の女の子を連れていた。すでにカムループスからバンクーバーまでの約1時間のフライトをこなし、これから東北まで帰ると言う。

何か手伝えることはないかと、彼女が長女を連れてトイレに行っている間、赤ん坊を抱っこして預かった。赤ん坊は最初キョトンとしていたが、やがて母親がいないことに気づき、激しく泣き出した。Sと夫と3人で、必死であやした。

成田でのPCRは、唾液による検査だった。結果が出るまで、2時間ほどかかると言われた。私たちは、入国がスムーズになるように、事前にMySOSというアプリで全ての書類を準備しておいた。すでに申請していた書類の審査は通っていたので、空港に着いたら緑色になっている（審査中の場合は黄色、審査前の段階は赤色となっていたと記憶している）アプリの画面を見せれば、それで良いはずだった。だが、諸々の現物書類の提示やあらゆることに時間を取られ、空港には結局、3時間ほどいることになった。それでも、随分短縮された方だった。数週間前までは、5時間、6時間待ちが当たり前で、そのせいで、予約していた国内線の乗り継ぎに間に合わず、終電も逃してしまい、空港内で一夜を明かした人たちも多かったらしい。いくら手がかからなくなったとはいえ、4歳の子供と6時間も空港で待つことは想像したくなかった。

成田での3時間を、Sは本当におとなしくしてくれていた。PCR検査の結果が出るまでは、自動販売機で飲み物を買うことやトイレに行く以外は、指定された席でじっとしておかなければならない。その間も、Sは持参した塗り絵に集中し、一度もグズらなかった。

自分達の番号が呼ばれた時、私たちは家族全員でガッツポーズをした。とっくにストップしているレーンの横に放置されていた荷物を受け取って、空港内で唯一開いていた和食屋で寿司を食べたときの喜びは忘れられない。たくさんの美しい小鉢料理や、店員さんのきめ細かな接客や、「マスク入れ」なるものの存在にも、強烈に日本を感じた。

だが、久しぶりの日本で最も強く印象に残ったのは、意外なものだった。それは、狭さだ。

東京に残しておいた自宅は、家族3人で暮らすには十分だと思う。それでも、台所の狭さや部屋一つ一つの狭さは、「こんなだったか」、そう驚くほどだった。特に、窓のない奥まった台所は一人が入るとそれだけでいっぱいで、夏の暑い日の夕飯作りが憂鬱だったことを思い出した。

そんな狭さの中、かつての私は涙ぐましい努力をしていた。洗いカゴを置く場所がないため、メタルの棚をシンクの上に設置して洗いカゴにしていたり、冷蔵庫と壁のわずかな隙間にスライド式の棚を設置し、そこに調味料を保存していたり、鍋を取り出しやすいように棚の中に組み立て式の棚を作ってそこに並べていたり。それでも台所は、振り返るのも、かがむのもやっとの状態だった。

狭いのは家だけではなかった。道路も、驚くほど狭かった。小さな頃に育った街に大人になってから行くと、街路樹の小ささや公園の狭さに驚くことがある。自分の体が成長したからだ。それと同じような感覚を抱いた。え？　私の体が大きくなった？　でも、もちろん違うのだった。

一方通行にするべき細い道を車が交差し、人一人がぎりぎり通ることが出来る歩道を自転車が通る。道を歩くことを、ほとんど障害物競争と考えているSと歩くことは、だからとても難しかった。

バンクーバーでは、Sが近所の道を全力で走ったり、木に飛びついたり、段差の上を歩いたりしても、誰にもぶつからなかったし、咎《とが》められることもなかった。そもそも、そんなに人がいなかった。車の往来はあったし、自転車も車ほどのスピードを出すが、道は必ず歩行者が優先だったし、子供や老人だと尚更だった。

街路樹には誰かが設置したブランコがあり、誰でも使っていいことになっていたから、Sはよくそれで遊んだ。木の根本に小さな扉をつけて「小人の家」を作っている人も多かった。近所の家の植え込みは、いつもドラゴンやカタツムリの形に刈られていた。

近所のお爺さんが、小さなおもちゃを木の幹や窪《くぼ》みに置いておいてくれるのも、Sは楽しみにしていた。もらうだけではなく、Sもいらないおもちゃを木の幹に置きに行ったりして、翌日デイケアに来たレミーがそれを持っていたこともあった。Sと散歩することはだから楽しく、街は子供たちを歓迎していた。

でも、東京で私は、Sが、子供たちが、街から歓迎されていないように感じた。歩くときは手を繋ぐことも困難で、Sの両肩を後ろからがっちり摑まなければならなかった。嫌がるSが私から逃れたときに限って車がやって来たり、自転車に追い越されたりした。私はその度、大声を出した。Sは相当窮屈さを感じていたと思う。私もうるさく言いたくなかった。子供は走りたいだろうし、登れるものがあったら登りたいだろうし、急に方向を変える自由を謳歌《おうか》したいだろう。そもそも、背後から肩を摑まれるなんて、悪いことをした罰のようだ。Sを自由にさせてあげられないことに、私もストレスを感じた。そしてそのストレスがマックスになるのが、都内の電車だった。

平日を選んでも、新宿駅には目が回るほどの人がいた。その人混みの中、Sを連れて歩くの

は、ほとんど罰ゲームのようだった。嫌だったのが、自分が本当に危ないと、申し訳ないと思って声を出す時ではなく、
「母親として危ないと思っていますよ〜、ちゃんと注意していますよ〜、申し訳ないと思っていますよ〜。」
という、周囲へのアピールのために声を出している時だった。バンクーバーに来て、ある程度大らかな感性を獲得した、などと愚かにも自負していたが、なんのことはない、自分はとことんまで小心者だった。「見え」に重きを置く雑誌を批判しておきながら、私も結局「周りからどう見えるか」からは、全く逃れられていないのだ。たった2年と数ヶ月の海外滞在では、自分を根本から変えることは出来ない。

バンクーバーでは、布製のマスクを使っていた。マリが夫のマイクとやっている「マイクブランド」というブランドのもので、三重構造で安全、ファブリックも肌触りがいい。何よりデザインが素敵だし、洗って何度も使えるのはマストの条件だった。

でも、日本に着いてすぐ、周りの人が誰も布マスクを使っていないことに気がついた。皆、医療用の使い捨てマスクか、少なくとも不織布《ふしょくふ》のマスクを着用している。中でも、不織布で出来たラウンド型のマスクはよく見た。韓国製のもので、効果が高いと評判のようだった。気のせいかもしれないが、布マスクをつけた私が電車に乗ると、何人かに見られていると感じた（それはもしかしたら、私が坊主頭だったからかもしれないが）。

友人に聞くと、不織布のマスク着用は決して義務化されているわけではない。でも、ワイド

ショーなどのテレビ番組で、布マスクには効果がない、と放送された直後から、皆不織布のマスクをつけ始めたのだと言う。

「ポリウレタン素材のマスクをつけてたら、非国民みたいな目で見られんで。」

そう言っている友人もいた。非国民、とはまた衝撃的な表現だが、実際マスクの着用を巡って男性が殴り合いの喧嘩になったという事件もあったのだから、あながち大袈裟《おおげさ》ではないのだろう。

カナダやアメリカでは、マスクは政治思想の表明になりうる、と書いた。日本ではそうではなかったはずだが、私はそこに、それと同じほど苛烈な何かを感じた。私たちが恐れているのは、もはや感染そのものだけではなく、「人と違うことをする人間が存在すること」なのではないだろうか。

散歩をするときくらいはマスクを外してもいいだろう、そう思っていた私も甘かった。家の近くの競技場では、「ランナーもマスク着用」とあったし、義母に聞くと、ジムではプールでも皆マスクをつけているという。すれ違う車のドライバーが、車内で一人きりなのにマスクをつけていたのは意味が分からなかった。

それでも私は早々に不織布のマスクを手に入れ、誰もいない道でもマスクを外さなかった。そして、電車の中で話すSに「静かにして」と言い続け、予測不能な動きをするSを制し、Sが何か言う前に、

「すみません。」

そう、誰かに謝っていた。そしてそうすることに、ぐったりと疲れた。Sも、普段と違う私に気づいたのだろう。

「なんかママ怖い。」

そう、不満を訴えた。そうやんなぁ、と思った。

それでも、Sにとって日本滞在は最高の思い出になったようだ。祖父母に会い（私の母は私とSを抱きしめて泣いた）、たくさん美味しいものを食べ、信じられないほど素敵な日本のおもちゃを買ってもらい、教育テレビの面白さに夢中になった。

どの店に入ってもきめ細かな接客は安定していて、おもちゃの説明書ひとつ取っても、とても分かりやすくて感動ものだった。スーパーの陳列は目を見張るほど美しく、すでに腐っているものやカビの生えた果物なんて、絶対に見つけられなかった。レジ袋が有料になったとはいえ、商品そのものの包装は厳密で丁寧すぎるほどで、あらゆる注意書きが書かれ、切り取り線の通りに、本当に綺麗に開封することが出来た。店で何かを買うと、それがどんな小さなものでも、何らかのクーポンとアプリの登録方法を記した紙と新作商品のパンフレット、とにかく色んな紙を何枚ももらった。喫茶店に入ると、あたたかなおしぼりと水がすぐにサーブされ、メニューにはきちんと説明がなされていて、壁にはさらにスペシャルメニューを記した紙が貼られていた。どこを見渡しても何かしら刺激的な広告が溢れ、それは電車の中も例外ではなかった。扉の上に設置されている画面ではずっと動画広告が流れ、疲れてタクシーに乗ると、後部座席の目の前で、やはり動画広告が流れていた。滞在中、私はずっと、「何か」を提供され続けていた。

東京が特別なことは分かっている。でも、こうも何かを提供され続けると、頭が混乱した。とにかく刺激に対して、休む暇がないのだった。そしてそれらが、狭さから来ていると、私は徐々に思うようになった。

狭い台所で涙ぐましい努力をしていた私と同じように、各店も、企業も、この狭い場所で何とかスペースを確保するために、努力を必要とされる。スペースは、社会的な居場所にも変換される。社会的な居場所がないと、金を稼ぐことが出来ないし、もっと極端なことを言うと、生きてゆくことすら困難になる。他の店と同じではいけない。他の企業と同じことをしていてはいけない。少しでもスペースが空いていたら何かに利用するべきだし、顧客に精神的な余白があるのなら、それを逃す手はない。

バンクーバーのカフェに行くと、見るのは大抵同じメニューだ。コーヒー、紅茶、(カナダ人も好む)抹茶、マフィン、スコーン、クロワッサンなどなど。他店と差をつけるために特別なメニューを開発したり、月毎《つきごと》におすすめメニューを作って壁に貼るようなことを、彼らはほとんどしていないように思う(もちろんそうしている店もある。チェーン店には多いようだ)。壁には余白があり、メニューにも特別な説明はついていない。

もちろん、例えばベーグルやワッフル、アイスクリームなどに特化した店はあって、そういう場所はとても流行っているのだが、ほとんどの店は、これといって特徴のない、シンプルなものばかりだ。それでも客は入るし、そんなに入っていなくても、従業員の生活はどうやら回っている。

カナダ人がそもそも食にそれほどこだわらないことは大きい。もちろん、皆美味しいものは好きだ。でも、子供たちの弁当のシンプルさは前述したし、日本で言うところの、土地のグルメ満載のサービスエリアみたいなところは無い（似たような場所があっても、売っているものはそっけないサンドウィッチやホットドッグだ）。コンビニエンスストアで、毎月のように新作スイーツやコラボメニューが登場することなどないし、そもそもレストランに行くことも日常化されていない。友人と会う時も、家に呼んで料理をするのが普通だし、その料理もパスタや、オーブンに入れっぱなしでできるものなど、簡単なものが多い。

あるカナダ人の友人は、日本に住んでいたとき、「食」に関する番組があまりに多いことに驚いたそうだ。肉汁たっぷりのハンバーグを頬張《ほおば》るグルメリポーター、土地のものを食べ続けるだけの番組、トーナメント化する大食い対決、ワイドショーに必ずある「食」のコーナー。美味しいものを食べるためには遠征も行列も厭《いと》わない日本人の「食」へのこだわりは、彼にとっては衝撃だったようだ。

そしてそのこだわりも、私にはやはり、狭さから来ているように感じられる。この場合は、時間的な狭さだ。休まず限界まで働いて、やっと得た昼休みや休日なのだ。一食たりとも無駄にしたくない。そう思うのは、自然なことなのではないだろうか。

日本の人口はおよそ1億2500万人だ。そのうち東京には約1400万人が暮らしている。一方、日本のおよそ27倍の国土面積を持つカナダの人口は約3700万人。前述したように、皆労働時間は最小限に抑え、自分達のプライベートの時間を持つことは当然の権利であると考えている。彼らには余白がある。涙ぐましい努力をせずとも台所はたいてい十分に広く、一食や二食無駄にしたところで、自分で美味しいと思うものを料理する時間はたっぷりある。「豊かさ」の概念が、日本とは異なっているのではないか。

日本の物理的な狭さは、カナダ人の思うところの「豊かさ」を、私たちから奪う要因にもなっている。自分のスペース、居場所を確保するために、日々努力を続ける企業や店のおかげで、私たちは低価格で素晴らしいサービスが受けられ、美味しい食事にありつける。だが、一方で、それを提供するために、人は多大な、そしておそらく過剰な努力を強いられる。ほとんどの人は誰かに何かを提供する職業についていて、そして中でも多くの人が自分の物理的な、そして時間的なスペースを削ってまで他者に尽くさなければならなくなるからだ。そしてそんな人たちが自分達の仕事を離れた時、やはり自分のスペースを守るために、どうするだろうか。

優先座席で寝たふりをするビジネスマン、バスの中でベビーカーを蹴る人、近所の保育園に「うるさい」と書いた手紙を投函《とうかん》する高齢者、それらは全て、日本で起こった話だ。KAROUSHIという言葉が国際的に認知されるほどの労働時間、どれだけ働いても30年以上景気が回復しない国で、私たちはそれぞれのスペース、居場所を守るために、必死で生きている。他者のスペースを尊重出来なくなるほど、追い詰められているのだ。

何度も言うが、バンクーバーの人は自分の居場所を守ることを当然と考えているし、それが可能な環境にある。どれだけ忙しくても定時で帰るし、がんの医師が8ヶ月の育休を取り、麻酔医師のアマンダは毎年2ヶ月ほどの休暇を取っている。失業保険や国からの補助が手厚いので、仕事を辞めてしばらくゆっくりする、と言う人もいるし、これも前述したが、店や会社で何か不備があっても、それは自分達の責任ではないので頭を下げる必要がない。正直、店や企業のサービスは日本と比べると格段に劣る（というより、ただリラックスしているだけだと思うが）が、職場を離れた彼らは、街で他者の居場所を守ることを是としている。老人に席を譲るのは当たり前だし、ベビーカーには一番広い場所を譲るし、子供たちが大声を出すのは仕方がない。だって子供はそういうものだから。

もちろん、日本の狭さは、ネガティブなことにだけ作用しているわけではない。言うまでもないが、狭いスペースだからこそ、奪い合うのではなく譲り合う精神も確実に存在する。そして、自分のスペースを削ってでも他者のためにあろうとする姿勢は、上からの強制や「見え」を気にする気質からだけではなく、日本人の持つ根本的な優しさからも来ている。そう、みんな優しいのだ。シャイな人は多いが、何かをお願いすると、こちらが恐縮してしまうほど全力で助けてくれようとする。

バンクーバーに数年いた私が感じたのは、日本人には情があり、カナダ人には愛がある、ということだった。感覚的に感じたので、その違いを説明することはなかなか難しいのだが、カナダ人は、「愛を持って人に接する」という強い意志と共に行動しているように感じる。信仰のあるなしにかかわらず、愛を持って人と接することは、そして、愛のある人間として生きることは、彼らの尊厳の問題なのではないか。

日本人にも、愛はある。でも、日本人の場合、愛は後天的なもののような気がする。夏目漱石が日本で初めて「I love you」を翻訳した、というデマは有名だ。それ以前は存在しなかった「愛している」という言葉を、漱石が「月が綺麗ですね」と翻訳した、というそれだ。デマにしては、あまりにもよく出来た話だし、デマだと分かっていても、納得してしまうものがある。とにかく100年ほど前に生きた漱石たちを（おそらく）戸惑わせたであろう愛という概念よりも強いものを日本人は持っていて、それが情ではないかと、私は思う。

情は、意志を持って、そして尊厳のために獲得するものではなく、気がつけば身についているものだ。目の前に困っている人がいれば、愛を持って立ち上がる前に、なんかもうどうしようもなく（あるいは渋々）手を伸ばしてしまっている。もしかしたら本人は面倒だ、嫌だと思ってしまっているかもしれない。もしかしたら自分の方が困った状況にあるのかもしれない。自分の居場所を譲るのは、本当は死活問題で、でも、もうそこにいる困った人を、どうしても、どうしても放っておけないのだ。

愛がいつも良き心、美しい精神からきているのに対して、情は必ずしも良き心や美しい精神からきているとは限らない。だから情は、それによって状況をさらに悪化させたり、時に人間を醜く見せたりもする。情に流されて悪事に手を染めたり、絶対に許すべきではない人を許してしまったりする。絶対に分かり合えない、顔を見たくないと思っている誰かの悲しげな背中を見た時にホロリとしてしまうのは情なのではないか。明らかな悪縁だと分かっていても断ち切れず、また手を伸ばしてしまうのは、情なのではないか。自分の手も傷だらけ、血だらけ、泥だらけだというのに。日本人の手は、情でしっとりと濡れている。そしてその湿度は、時に素晴らしい芸術へと昇華される。

日本の芸術は、まさに狭さの賜物《たまもの》だ。そもそも狭いスペースにも保存しておける掛け軸や屏《びょう》風絵《ぶえ》、欄間の存在は日本ならではの様式ではないだろうか。そしてその屏風絵で、四季を一度に表現してしまったりする。

例えばカナダを代表する画家であるエミリー・カーの作品は、キャンバスの面積を超えた広がりを感じさせる。物理的なものを超えた場所に到達することは、芸術家の一つの仕事なわけだが、日本の絵画の美しさは、広がりではなく深さにあるように思う。芸術家は、ある深淵《しんえん》に到達することを目的としているはずだ。そしてその深淵は、皆で分かち合えるほど大いなるもの（例えば貯水池のような）ではなく、細くて暗い井戸のようなものだ。芸術家たちは、狭くて暗いその井戸を、たった一人で、どこまでも掘り下げてゆく。

詩や小説、映画に関しても、視覚的な広がりを期待するものではなく、緻密な深さを見出すものが多く見受けられる。例えば柴崎友香や朝吹真理子の作品は、手の届く範囲にあるものの中に世界を見出し、さらにそれを、言葉の持つ重層的な効果をもって表現している。ささやかで淡い表現の中に、目を見張るほどの奥行きがある。海外でも評価される小津安二郎や是枝裕和の作品は、広げることを意図したからではなく、深めることに重きを置いたからこそ、多くの人に届いたのではないか。

決して雄大とは言えない国土で、日本人は深みのある美、そしてその背後にあるものを見つけることに、非常に長《た》けている。そもそも夏目漱石が「I love you」を「月が綺麗ですね」と訳したというそのデマそのものこそ、なんとも日本的ではないか。

狭い日本で生まれたあらゆるもの、あらゆる感覚が、私の身体にも宿っている。自分の身体や精神の狭さを、改めて感じた日本滞在だった。私の手も、情で濡れているだろうか。そしてその湿度を、誰かを助けるためにどれほど使うことが出来ているのだろうか。

ふっと横路地をはいると、玄関の硝子格子に、板の打ちつけてある貧しげな家へ声をかけた。「静岡のお茶はいりませんでしょうか？」「そうね、いくら？　高いのでしょう？」りよが格子を開けると、足袋《たび》の芯縫《しんぬ》いを内職にしているらしく、二三人の女がこっちを向いた。「ちょっと待って下さいな。いま空罐《あきかん》探してみますからね」と、次の間へ小柄《こがら》な女が消えて行った。自分と同じような女達がせっせと足袋底を縫っている。時々針が光った。

――林芙美子「下町」

ひどい時差ボケの中、帰国後すぐに放射線治療を始めた。

放射線技師のイネスが、改めて副作用の説明をしてくれた。主なものは火傷《やけど》の症状と疲れ。終了後2週間ほどがピークらしい。そして、本当に稀にだが、放射線照射によって別のがんが出来る可能性もあるらしい。

照射室は、厚さ20センチはあろうかと思われる、重い扉の向こうにあった。イネスに連れられて部屋に入ると、ヤスミンというインターンの医師と、リンという医師が待っていた。皆リラックスしていて優しく、やはり私の胸を誉めてくれた（先に私が自慢したわけだが）。上半身裸で台の上に横になった。イネス、リン、ヤスミンがそれぞれ何事か数字を伝え合っている。その最中、イネスに、

「How are you doing?」

と言われた。このタイミングで？　と思ったが、

「I'm fine.」

そう返した。イネスは一瞬不思議そうな顔をして、それから笑った。

「それは良かった！」

実は、彼女は他の医師に、照射の位置を正確に決めるために、「そっちはどう？」と聞いていたのであって、私に「元気？」と聞いていたわけではなかった。勘違いしてしもたわ、恥ずかしい、そう言った私に、３人は声を揃えた。

「何言うてん、カナコがfineで良かったで！」

そして、

「じゃあ、始めるわな。」

和やかな雰囲気のまま、３人は分厚い扉の向こうに消えた。

天井には青空の絵が描かれ、牧歌的な音楽が流れていた。痛くも痒くも怖くもなく、照射は10分ほどで済んだ。扉の向こうからイネスが現れた時、

「もう終わり？」

そう聞いたほどだ。私は晴れ晴れとした気持ちで、病院を後にした。こんなに簡単なら、15日間通うのも全く問題ない、そう思った。がんセンターの近くに、私の好きなElysianというカフェがある。そこでコーヒーを飲み、道ゆく人を眺めた。

1週間ほどは、そんな調子だった。10分ほどの照射は相変わらず痛くも痒くもなく、副作用もなかった。そして帰りにElysianに寄って、一杯のコーヒーを飲んだ。

ある朝、病院に行こうと準備をしていると、柔術の生徒たちでやっているグループWhatsAppに、メッセージが入った。生徒の一人が、交通事故で亡くなった、とのことだった。私は彼とスパーリングをしたことはなかったし、彼の存在自体も知らなかったが、ショックだった。WhatsAppにはお悔やみの言葉が溢れた。彼がどれほど優しい人だったか、強い人だったか。

その日から、徐々に体調が悪くなった。体がダルく、頭痛がした。それでも、抗がん剤治療中ほどではなかった。全然マシだ、マシだ、自分にそう言い聞かせているうち、体調はどんどん悪くなった。

私の不調に合わせるように、寒空のもとで、雨が降り続いた。5月でここまで降るのは珍しく、ずっと暖房をつけていないといけなかった。

5月14日　パレスチナ人ジャーナリスト、シリーン・アブアークレが死亡する。ヨルダン

川西岸地区で、イスラエル軍による武装したパレスチナ人への襲撃を取材していたところ、頭部に銃撃を受けたとのことだった。彼女はアルジャジーラのジャーナリストで、長年、イスラエル・パレスチナ問題を取材していた。

早朝、夫の叫ぶ声で目が覚めた。

もつれた足で階段を上がると、夫に抱き抱えられたSが白目をむいていた。熱性けいれんだ、と、すぐに思った。

Sは1歳半の時に熱性けいれんになった。けいれんの時間を測っておくことが大事と聞いていたので、震えながら動画を撮った。今でもその動画は残っている。119に電話して事情を説明すると、5分で救急車が来た。医師にすぐに診てもらい、何事もないことが分かってから、今後またこのような状態になったらどうすればいいか聞いた。医師は、

「すぐに救急車を呼んでください。遠慮しないで。」

そう言った。その言葉が、体に染みるほどありがたかった。

久しぶりの、そして2度目の熱性けいれんだ。Sは4歳、もうすぐ5歳になるが、この年になってもあるものなのか不安だった。夫にけいれんがどれくらい続いているか聞いても、分からないと言った。911に電話をした。電話をしている間にけいれんは治まった。Sは息をしているが、ぐったりしていた。

バンクーバーの救急隊も、すぐに来てくれた。早朝なのでサイレンを切っていたが、ランプ

は点滅していて、それがとても不吉なものに見えた。Sは隊員の姿を見て泣いた。大声で泣けることにホッとした。
隊員の一人が、Sにシリンジで薬を飲ませた。何か聞くと、やはりタイレノールだった。救急車には大人が一人しか付き添えないというので、夫がSに付き添った。私は後ろから車で後を追った。
久しぶりの、そして馴染みのある救急外来の光景だった。たくさんの子供たちが待合室で名前を呼ばれるのを待っていて、そして大人たちは皆、一様に疲れていた。待っている間にSの熱は下がり、見たところ元気そうだったので、きっとまた長く待たされるだろうと覚悟した。放射線治療は続いていたので、やはり私だけ先に帰らせてもらった。夫はいよいよ、救急外来恐怖症になった。一方で、帰ってきたSは、アイスクリームをもらってご機嫌だった。

5月16日　NY州バッファローのグロッサリーストアで、白人至上主義者の男が銃を乱射した。10人が死亡、3人が負傷。

体調はぐずぐずと悪いままだった。特に頭痛は日に日にひどくなった。ずっと雨が降り続いていたので、低気圧からくる頭痛かも、そう思ったこともあったが、ここまで続くとそうではなさそうだった。楽しみだったコーヒーも飲まずに、早々に帰る日が続いた。私の副作用は全て予測されるもので、終了後もっと悪くなるかもしれないし、治るかもしれない、それは分からないと言う。そうしているうちに、15日間の放射線治療は終了した。

翌日、蕁麻疹《じんましん》が出た。ボコボコとした赤い腫れが全身を覆い、身体が熱く、あまりの痒みでどうにかなってしまいそうだった。氷で体を冷やし、なんとか掻かないように我慢していたが、とうとう我慢できなくなって掻いてしまった。腕や足は、たちまち血だらけになった。そしてもちろん、痒みはひどくなった。

不思議なのは、放射線を当てた患部は痒くないことだった。そこだけは凪《なぎ》のように静かで、それ以外の部分が痒みの嵐に包まれているような感じだった。痒みで泣いたのは、子供の頃、カイロで体全体をノミに刺されたとき以来だった。

5月24日　テキサスでまた銃乱射事件。

ジュリアンに鍼を刺してもらいに行った。私の脈を見たジュリアンは、「体が放射線のショックから抜けていない。ずっと抗っている状態だね」と言った。ジュリアンは、放射線治療の副作用を、決して見くびってはいなかった。いつも私の身体の変化を丁寧に観察し、身体の出す音やサインに耳を傾けてくれた。時には、私自身気付いていなかった身体の不調を見つけ、適切な処置をしてくれた。

私は、基本的に彼のことを全面的に信頼していた。だが、髪も抜けない、吐き気もない、痛くも痒くもない、10分ほどで済む放射線治療を、どこかで軽んじていた。やはり私の中でクライマックスはキャンサーフリーになったあの日、カフェでクレープを食べた瞬間のままだった。

でも、翌日、私はまた救急に行くことになった。

顔の右半分と、上顎が、耐えられないくらい痛んだ。後頭部がドクン、ドクンと脈打ち、吐き気がして、息をするのもままならなかった。タイレノールを飲んでも効かず、これは普通ではないと恐れた。がんセンターの看護師に電話をし、事情を説明すると、

「きっと感染症を起こしているから、救急に行って。」

そう言われた。彼女に救急の待ち時間が分かるサイトを教えてもらったので、中でも比較的待ち時間が少なそうだった（それでも2時間と表示されていた）UBCの救急へ行った。夫は出掛けていたので、Uberを呼んだ。運転手は人懐っこく、色々話しかけてくれたが、私はほとんど答えられなかった。口を開くと、頭を殴られたような痛みが走るのだ。

UBCには、素敵な人類学博物館があると、渡航前に友人に教えてもらっていた。2019年にバンクーバーにやって来たとき、真っ先に訪れたのがそこだった。先住民族のマスクやトーテムポール、展示が美しかったのはもちろん、UBCのキャンパスそれ自体の素晴らしさに、ため息が出た。キャンパスは、一つの街かと思えるほど広く、人類学博物館のある北の端に行くと、雪をかぶった美しい山々が見えた。授業の合間には自転車やスケボーで校内を移動する生徒たちがいて、中には寮から出て来たのだろう、トナカイ柄のファンシーなパジャマを着たままの生徒もいた。日本ではなかなか見ないが、海外に行くとよく見るのが、母校のトレーナーを着た生徒たちだ。私と夫もうっかり、UBCグッズを買いそうになった。ギリギリのとこ

ろでとどまったが、それほどに素敵な大学だった。こんな環境で勉強が出来る生徒たちが、本当に羨ましかった。

救急には、私が憧れた生徒たちがいた。UBCと書かれたトレーナーを着ていたから、すぐに分かった。皆、救急を必要としているようには見えなかった。スマートフォンで音楽を聴きながら鼻歌を歌っている男の子がいた。彼は隣に座っていた男の子に、

「僕の順番が来たら電話してくれない？」

そう言って、電話番号を渡していた。

私は端の席に座って、浅い息をしていた。深呼吸をすると頭痛がひどくなるのだ。痛みは頭の右半分を完全に覆い、上顎に釘《くぎ》を刺されているようだった。やっと名前を呼ばれ、診察室に入った。ここから医師に会うまでがまた長いのは、覚悟していた。でも、ベッドに横になれただけで嬉しかった。痛みから気を逸《そ》らすために、瞑想をしようと思ったが、呼吸が浅いままだと、なかなか集中出来なかった。

血液検査、尿検査、胸部のレントゲンと、脳のCTも撮ってもらった。簡単な視力検査をして、線の上を真っ直ぐ歩けるかどうかもテストされた。

検査の結果が出るたびに、医師がやって来た。医師はディエゴと名乗った。彼は私に、

「君は本当に抗がん剤治療をしたの？」

そう聞いた。

「したよ、去年。」

私が言うと、

「すごいね、抗がん剤治療をしたって信じられないくらい数値が素晴らしいよ！」

と驚いていた。とても嬉しかったが、それでもちろん、頭痛が去るわけではなかった。

結果、検査は全て問題がなかった。ＣＴに写った右半分と上顎のあたりが腫れているから、看護師の言う通り感染症を起こしたのだろう、とのことだった。抗生物質を処方するから、と彼は言った。最初の１錠だけはここで処方してくれたが、あとは薬局で受け取る手筈《てはず》だった。

手渡された薬は、彼も苦笑いするほどの大きさだった。

最後に、彼は私の体全体をチェックしてくれた。改めて脳に異常がないかを見るのだという。

「カナコ、今から右か左か、どちらかの足を触るから、どっちを触ってるか答えて。」

「分かりました。」

私は寝転んだまま、目を瞑《つぶ》った。両足に感覚があった。

「えっと……、両足⁇」

私が言うと、ディエゴは、

「引っかけ問題でしたー‼　よくわかったね！」

と言った。爆笑すると、また頭が痛んだ。

5月27日　久しぶりに頭痛なしで目覚める。最高！！！　なんて美しい世界なのだろう‼
嬉しい、嬉しい、嬉しい！！！！！

6月に入っても、バンクーバーは冬のように寒いままだった。厚手のコートを着て外出し、家の中では、相変わらず暖房をつけていないといけなかった。

Sがまた、熱性けいれんを起こした。今度は、けいれんが始まるところから、終わるところまで見ていた。両腕がガクガクと震え始めたかと思うと、すぐに目玉が、ぐるりと上を向いた。息を小刻みに吸っているだけで吐いているようには見えず、口の端に白い泡が滲《にじ》んだ。けいれんは、およそ2分間続いた。おさまると、Sは寝息を立てて眠った。頭と腋に冷えピタを貼り、そのまま見守った。2週間以内に起こったらまた来て、そう医師から言われていた。以前のけいれんからほぼ1ヶ月経っていたから、救急には行かなかった。それでも、短期間の2度のけいれんは怖かった。タイレノールを飲ませると、熱は下がった。

翌日、熱はまた上がり、38度9分になった。当然デイケアは休んだが、Sは元気そうだった。夕方にはまた39度4分まで上がり、また熱性けいれんを覚悟したが、幸いにも何もなかった。そしてやはり、Sは元気そうだった。

その翌日、やっと熱は下がった。代わりに、喉が痛いと訴えた。簡易のキットで検査して、コロナが陰性であることは確認していた。だから、咽頭炎か扁桃炎かと疑った。ファミリードクターのクリニックに予約しようとしたが、1週間先まで予約でいっぱいだった。思いつく限りのウォークインクリニックに連絡をしても、電話にすら出ないところもあった。そもそも、もう新規の患者を受け付けていないクリニックも多かったし、新規ではなくても、ウォークインの患者自体を受け付けなくなったところもあった。これには愕然とした。こうなると、もはや「ウォークイン」の機能を果たしていない。

この頃から、バス停や駅で、ある広告を見るようになった。ブリティッシュ・コロンビア州の看護師協会が出している公共広告だ。

『82% of nurses say their mental health is suffering.

82パーセントの看護師が、自分の精神的な健康が損なわれていると言っています』

頭を抱えて座り込む看護師の写真や、泣いている看護師の写真が、事態の深刻さを物語っていた。医療関係者の不足はあるものの、皆きちんと休みを取れている、そう思っていた。でも、それは一部の医師に限ったことのようだった。

ファミリードクターを持っていないトモヨが頼りにしていたウォークインクリニックも、ウォークインの患者を受け付けなくなった。また、持病のある知り合いは長年世話になっていたファミリードクターがクリニックを辞めることになり、慌てて他のファミリードクターを探さなければならなかった。もちろんどこもいっぱいで、ウェイティングリストすら受け付けていない状況だった。今後ますます救急が混むのは必須だ。

でも、ブリティッシュ・コロンビア州はまだマシな方だった。他州では救急外来が閉まったり（！）、911の救急車が来るのに4時間もかかっていたりする。冗談のような話だが、こうなったら、ファミリードクターがいること自体が奇跡のようなものだ。

私たちのファミリードクターであるアート医師は、私の家から3ブロックほどのところにあるクリニックに勤めている。ファミリードクターと言うと、「自分のクリニックを開業している人」を想像するが、そんな人は稀だ。大抵の医師は、他の何人かの医師と一緒にクリニックに勤めている。クリニックにもよるのだが、ファミリードクター業務とは別にウォークインの患者を診察する人もいる。ウォークインで何度か診察してもらったドクターを気に入って、ファミリードクターになってほしいと頼む人もいて、稀に受けてもらえる。今ではもちろん、それも相当難しいことだろう。

アート医師は、マリが紹介してくれた。がんを宣告された後のウォークインクリニックの対応（あの、メチャクチャにイライラしていた受付の女性だ）がトラウマになっていて、私は必死でファミリードクターを探しているところだった。

ある日、診察を受けたマリが、彼女のファミリードクターであるアート医師に、私の話をしてくれた。私はその頃、後半の抗がん剤治療を始めていた。何もかもうまくいっていなかった時期だ。

私の病状のこと、私たち家族がクリニックからたった3ブロック先に住んでいること、4歳の子供が一人いること、をマリが伝えると、アート医師が「引き受けるよ」、そう言ってくれたのだった。マリからその話を聞いた時、嬉しくて目頭が熱くなった。

アート医師は私と同じ年齢くらいの女性で、さっぱりしていて恰好良かった（何より、受付の女性が優しいだけで最高だった）。

ファミリードクターがいるメリットは、彼らが自分の病歴を全て把握してくれていることだ。

全ての診断書が彼らに送られるので、例えば薬のアレルギーなどに関しても注意を払ってくれる。クリニックによっては診断書の保管料金を取られることもある。そして、ほとんどのクリニックでは、診断書のコピーをもらう際には料金を払わないといけないから、私はコピーをもらうときは、がんセンターに行っていた。そこなら無料でもらえるからだ。

ファミリードクターと言っても、いつも絶対に彼らの診察を受けなければいけないわけではない。実際彼らも、すぐに予約が取れるわけではないし、大体早くて3日、1週間先あたりが平均だ。緊急を要する場合は開いているウォークインクリニックや救急に頼ることになるのだが、その際の診断書もファミリードクターに送られる。とにかく全ての病歴を把握しているのがファミリードクターというわけだ。

でも、このような状況になると、ファミリードクターのメリットは、「どれだけ時間がかかっても診察はしてもらえる」ことになるだろう。ウォークインクリニックが、今後どんどんウォークインの患者を受け付けなくなったら、診察してもらえること自体が幸運になってくる(他州のように、万が一救急がクローズすることになったら尚更だ)。

幸いSは、救急やウォークインに頼らずに復活することが出来た。喉の痛みも、すっかりなくなったと言う。

抗生物質を飲み続けて、私のあの強烈な頭痛も無くなった。それに代わって、今度は前歯がズキズキと痛むようになった。神経に障る、といった感じだった。歯科検診を終えたところだったので、虫歯ではないのは分かっていた。痛みは移動し、今度は左側の奥歯のあたりがズキズキした。ジュリアンに、神経を落ち着かせるための鍼を刺してもらい、漢方を毎日飲んだ。すると、徐々に治ってきた。

血流を良くするためにジョギングをし、眠る前にストレッチをして、筋トレも欠かさなかった。頭痛予防にいいとアート医師に教わったので水をたくさん飲むようにして、ビタミンB2のサプリメントも飲んだ。

蕁麻疹はもう出なかったが、何事もなかった患部が黒ずんできた。痒みも出てきた。チクチクと痛痒い感じだった。掻いてはいけないので、痒くなると、メグミにもらったスキンクリームを塗りこんだ。黒ずみはそれからどんどんひどくなったが、ピークを過ぎると薄くなっていった。まだ痒かったが、皮膚が生まれ変わっているためであることが分かった。だから、我慢出来た。

黒ずんでいた爪も生え変わった。髪の毛もすっかり伸びてきたので、マサの美容室へ行った。彼に、ツケを払わなければいけなかった（彼は、戻ってきた私をハグで出迎えてくれた）。毛は伸ばそうと思えば伸ばせたが、気に入っていたので、また坊主頭にしてもらった。

私の体は、徐々に戻った。傷は、少しずつ癒えて行った。そして、最も重要なことに、これ以上の治療はもうなかった。日常がやって来たのだ。

7月7日　安倍晋三元首相が撃たれる。

ジャーナリストでライターのスレイカ・ジャワードは、22歳の時に白血病と診断された。医師から告げられた彼女の長期生存率は35パーセントだった。1500日間におよぶ抗がん剤治療、そして骨髄移植を受け、生存した彼女は、TED Talk「死にそうになった経験が私に教えてくれたこと」の中で、次のように語っている。

「私が辛かったのは、がんが治った後でした。」

彼女は、1500日間をたった一つのゴール、生き残る、というそれに向けて休むことなく突き進んできた。でも、その目的を達成した日、つまり、ようやく退院したその日に、自分が今後どうやって生きていったらいいのか、全く分からなくなっていることに気づいたのだという。その話はもちろん、私にコニーを思い出させた。

彼女も、同じことを言っていた。「がんを治す」という目的を持って過ごしていた日々が終わると、自分が何を目標にして生きていったらいいのか分からなくなった、と。コニーは、だからアイススケートを始め、文章を書き始めたのだ（最近は、家の一室をAirbnbとして貸し出すことにし、部屋のデコレーションや、訪れる人たちとのコミュニケーションがとてもいい刺激になっている、と言っていた。そしてコニーは一編の掌編を書いた。生に関しての記憶と煌めきについての、美しい掌編だった）。

まさに治療中だった当時の私は、コニーの話をいまいち理解出来ていなかった。そして、治療が終わった今も、人生の目的を失ったとは思っていなかった。何故なら私には「書くこと」があったからだ。実際、このエッセイを書き始めたのは治療中だった。ほとんど現在進行形で起こっていることを日記と共に書き、書くことで前に進んできた。でも、だからこそ、書くという行為がなければ、自分はどうなっていたのだろうと思う。

スレイカは言う。

「病気が良くなったからと言って回復の過程は終わりなのではなく、むしろ始まりなのです。」

長期にわたる抗がん剤治療で、彼女の体には永続的なダメージが残った。一日4時間の昼寝を必要とし、免疫系が機能しないため、定期的に救急に運ばれる。身体的にだけではなく、精神にも消えない傷があった。再発の恐怖、癒えることのない悲しみ（彼女は退院する3週間前に、がん治療の仲間であるメリッサを亡くしていた）。何日も、時には何週間も続くPTSDの症状。それが彼女の新しい「日常」だった。

そんな中で、彼女はあることを自分に課さなければならなかった。

「ひどい罪悪感に苛まれながら、命があるだけでなんて幸運なのだろうと、自分にいい聞かせ続けなければなりませんでした。私の友人のメリッサのように、たくさんの人たちが亡くなったのだから。」

でも彼女は、ほとんどの日、「寂しさと喪失」と共に目覚めると言う。「息をするのもやっと」なのだと。彼女のTED Talkを観たとき、私はロナルド医師と最後に会った時に言われたことを思い出した。

「カナコ、これでもう治療は終わりだよ。今後は3ヶ月に1回の定期検査をするだけ。それはもちろん喜ばしいことだよね。でも、患者の中にはそのことに不安を覚える人もいるんだ。がんの告知は患者のトラウマになっている。ＰＴＳＤのような状態だね。そして、その症状が出てくるのは治療が終わってすぐではなく、徐々になんだ。だからこれからは、とにかく自分の精神をケアしてほしい。そして、不安なことがあれば、すぐにがんセンターに連絡してほしい。僕たちは、いつもここにいるから。」

そして、

「まあ、僕は育休で休んじゃうけどね！」

そう付け加えるのも忘れなかった。私は彼と笑い合い、心から自分の回復を祝福した。その時はまだ、彼の話に、「そんなもんなのか」と思っただけだった。私の中で、「クライマックス」は続いており、私はある種の全能感に包まれていたのだ。

私はスレイカのように一日4時間の昼寝を必要としなかったし、救急に行くことが日常になったわけでもなかった。私の治療期間はおよそ8ヶ月、両乳房と3本のリンパを失っただけで済んだ。血液検査の結果は医師も驚くほど良好だ。腋が攣ることで右肩の可動域は狭くなったものの、ジョギングや筋トレはすぐに出来るようになったし、やがてクロールが出来るようにもなった（水着の胸の部分はカポカポしているが）し、鉄棒にぶら下がることも出来るようになった。そして、乳房と乳首がなくなった自分の身体を、心から愛することが出来ている。

不安を覚え始めたのは、幸せな日常が常態化してきた頃だった。バンクーバーの、素晴らしい夏がやって来たのだ。

私は念願のキャンプに4回も行った。海で泳ぎ、湖で泳ぎ、雪解け水の川に悲鳴をあげて飛び込んだ。自転車で出かけ、海辺を走り、ブルーベリー狩りをして、プールの飛び込み台からジャンプし、毎週どこかで行われている楽しそうな屋外イベントをはしごした。デヴィッドのノヴァスコシアの実家へ滞在し、名物のロブスターを食べ、みんなでさんざんっぱら遊んだ。帰りに立ち寄ったモントリオールでは、お洒落なレストランを楽しみ、ワクワクする文化的な書店で本を買って、プールと遊園地で遊んだ。

治療が辛かった時、日記に、「がんが治ったらやりたいことリスト」を書いていた。例えば親に会うこと、日本にいる友達に会うこと、祖父母のお墓参りをすること、温泉に行くこと、キャンプに行くこと、海で思いっきり泳ぐこと、ケンドリック・ラマーのライブに行くこと(信じられないことに、どれもすぐに叶った!)。

中でも絶対にやりたかったのは、またウィスラーに行くことだった。ロナルド医師に会い、トリプルネガティブ乳がんだと告げられた日の翌日に行ったウィスラー、浴槽に湯を溜めて泣いたあの場所に戻って、記憶を塗り替えたかった。

2度目のウィスラーでは、声を殺すために湯を溜める必要はなかった。少しでも眠るために、Sの寝息に集中する必要もなかった。私はあらゆることから解放され、やっと自分自身を、そして平穏な時間を取り戻したのだった。

ウィスラーにあるブラッコムマウンテンで、夫が写真を撮ってくれた。真っ黒に焼けた私が、こちらに向かって笑っている。自分でも見ていてはにかんでしまうほど、幸せそうに見える。そして同時に、どこか寂しそうにも。

私は、いわく言い難い複雑な感情を覚えていた。もう終わった、もう何も心配することはない。その幸せは、表現するのも困難なほどなのに、同時に、身体を訪れてくる寂しさは、抗いようがないほど強かった。

この気持ちは何なのだろう。

どうして私は、こんなに幸福なのに、同時にこんなに寂しいのだろう。

ウィスラーから戻ってくると、私はスレイカのように、朝、「寂しさと喪失」と共に目覚めるようになった。ベッドに入るときはクラクラするほどの幸せな気持ちで眠るのに、朝起きると、ぼんやりとした不安に絡め取られている。

起きて一番にやることは、不安の原因を探すことだった。今、現在進行形で恐ろしいことはあっただろうか？　Sは元気だ。夫も元気だ。エキも元気。私は？　私も元気だ。痛いところは何もない。治療もない。そう、もう治療がないなんて！　大丈夫、大丈夫。私は大丈夫、そう言い聞かせて、一日を始める。手探りで、そっと。

会う人は皆、私を祝福してくれた。心から私の回復を喜び、時に涙を流してくれた。

「良かった、ほんまによく頑張った。」

「これからは新しい人生の始まりやな！」

その言葉に、そして言葉より強いハグに、これ以上ないほどの幸福を感じながら、心のどこかでこう言っていた。

「待って、まだ怖いねん。」

それは静かで、鈍い孤独だった。

がんを告知された直後や治療中、皆は私の恐怖に心から共鳴し、寄り添おうとしてくれた。そしてその恐怖は、真正なもの、とでも言うべきものだった。おかしな言い方だが、「怖がることがまっとうな恐怖」だった。

でも、がんが治り、これ以上ない幸せな日常を取り戻した私の恐怖は、真正ではなく、どこか偽物めいているように思われた。だから、しばらく誰にも言えなかった。そして悪いことに、恐怖を感じるそのことに、罪悪感を覚えなければならなかった。スレイカが言っていたように、私たちがんサバイバーは、「生きている」「生き残った」ことに、心から感謝しなければならない。がんで亡くなった他のたくさんの人たちと、自分も同じ運命を辿ったかもしれないのだから。

そして、同じがんサバイバーでも、乳がんという、比較的生存率の高いがんを罹患し、8ヶ月の治療で済んだ私が、スレイカのように、白血病で骨髄移植を必要とし、4年もの治療を乗り越えてきた人と自分を比べてしまう瞬間があった。つまり、「自分のこの恐怖は不適当だ」と考えるようになってしまうのだ。長期生存率35パーセントという数字が、いかに彼女の日常に恐ろしい影を差しているか、それに比べたら私は……、そう思ってしまう。

もちろん、逆の状況も起こりうる。変異遺伝子の持ち主として、私は今後も卵巣がんの罹患率が高い。変異遺伝子がないがんサバイバーの再発への恐怖は、私のものと比べてどうだろうか。抗がん剤治療をせずに済んだ、ステージ0のがんサバイバーの恐怖は？

結論はこうだ。自分の恐怖を、誰かのものと比較する必要はない。全くない。怖いものは、怖いのだ。

そしてもちろん、どれだけ生存率が低くても、どれだけ再発率が高くても、恐怖を感じずに生きてゆける人はいる。残念ながら、私はそうではなかった。

本当にこれで終わりなのか？

今後まだ、恐ろしいことが自分を待っているのではないか？

どこかでそう考えている。そしてその思考は、最高潮に幸せな瞬間に浮かびやすい。この幸運が信じられない、だからこそ、それを失うのが怖い。

この気持ちは何なのだろう、そう思っていた。でも、何のことはない。それはありきたりの感情だった。私たちは、100パーセントの気持ちで幸福を感じながら、同時に、100パーセントの気持ちでそれを失うことを恐れる生き物なのだ。「幸せすぎて、怖い」と、人類で初めて言った人は、誰なのだろう。

真実はシンプルだ。私は、日常を完全に取り戻したのだ。絶対に手放したくない、そう恐怖に駆られるほどの、素晴らしい日常を。そしてその日常は、以前と同じではあり得ない。私は未知の恐怖を孕んだ、「新しい日常」を送ることになるのだ。

スレイカのパートナーのジョン・バティステは、2021年のグラミー賞で、マイケル・ジャクソン、ベイビーフェイスに次ぐ史上2位の11部門にノミネートされた。スレイカは、同じ年の2021年11月に、がんの再発を告げられた。そしてそのがんは、1度目のものよりタチの悪いものであることも分かった。ジョンのノミネートが決まったその日に、スレイカの2度目の抗がん剤治療が始まった。そして、彼女が2度目の骨髄移植を受ける前日、彼女とジョンは結婚した。

ジョンは、CBSのインタビューでこう答えている。

「暗闇が君を捕まえようとする。でも、ただ光の方を向くんだ。光に集中して、光にしがみつくんだ。」

彼の楽曲は実際、光に溢れている。自ら発光しているような彼の言葉は、光そのものの強さを、何よりも体現している。

光に集中することは、暗闇をなきものとすることではないと、私は思う。暗闇があるから光がある、というのは、言うのも憚《はばか》られるほどありきたりなクリシェだが、否定しようがないほど、それはもう、当然のことなのだ。私たちが幸せを祝福するのと同時に、それを失うことを恐れる生物である限り、光と闇は、常に共にある。

人はいつか死ぬ。

皆が経験するはずのその死を、私はこれ以上ないほど怖がっている。死にたくない。少なくとも「もう死んでいいか」と納得できる日なんて、私には来ない気がする。きっと死ぬ瞬間、最後の最後まで、それはもう、本当にみっともなく、怖がり続けるだろう。

みがんになって良かったことは、「それの何が悪いねん」、そう思えるようになったことだ。みっともなく震えている自分に、「分かるで、めっちゃ怖いよな！」、そう言って手を繋ぎ、肩を叩きたくなる。

　がんの治療中、「自分」の乖離《かいり》があったと書いた。私は、ニシカナコを一定の距離から見ている誰か、という感覚があった。そしてその状況は、タティアという看護師のおかげで霧散した。私は私、私でしかないのだと、「自分」の一致に、喝采を送りたくなった。そして実際、他の人を巻き込むほど大きな声で笑うことで、喝采を送った。

　でも、やはりどこかにはうっすら、その感覚は残っているのだった。それは恐怖や苦しみからくるものではなく、乖離、というほどの強さでもない。それでもやはり「もう一人の自分」と呼ぶほかない存在が自分にはいて、今ではその自分が、何より、誰より私の味方をしている。

「分かるで！」

「せやんな！」

「怖いよな！」

　そしてもちろん、この恐怖に対峙するとき、手を繋いでくれるのは、肩を叩いてくれるのは、「自分」だけではない。私には、コニーをはじめとする乳がんサバイバーの先輩たちがいる。

　フミエは、高校の同級生だ。6年前にトリプルネガティブ乳がんと診断された。幸い、変異遺伝子は見つからなかったが、抗がん剤治療と放射線治療、そして乳房の温存手術を受けた。

　大学病院にある不妊治療のラボで、胚培養士として働いているフミエは、告知された時、2週間後にフィンランドの学会出席を控えていたところだった。初診の医師は、治療は出張から帰ってきてからで大丈夫だと言ったが、検査の結果、がんの増殖率が思ったより高く、やはり出張前に治療を始めた方がいい、と言われた。その時には、出張は3日後に迫っていた。フミエは医師に、帰国後から治療を開始することは出来ないかと聞いた。彼は、「学会に行って3年後に後悔しない自信はありますか?」、そう言ったそうだ。それで決まった。病院から帰るとき、彼女は公園に自転車を停めて泣いた。

ジュンは、大学生の頃からの友人だ。彼女は9年前に、乳がんの宣告を受けた。当時、子供のGと夫のジェドと共に、LAにいた。Gは、1歳の誕生日を迎えるところだった。Gへの授乳をやめるために、粉ミルクに切り替えたところ、胸の違和感に気づいた。最初にかかった内科医は、「大丈夫」だと言ったが、どうしても違和感を拭えなかったジュンは、頼むから検査してほしいと食い下がったそうだ。今でも、あの時に検査をせずに帰っていたらどうなっていただろうと考える、そう言っていた。

告知は、電話でされた。「何言うてるんやろう、この人」、そう思った。病院に赴き、治療計画を聞いている時に、込み上げてくるものがあった。Gとジェドと、これからも一緒にいれるのだろうか。そして同時に、これからも一緒にいるために、絶対にやり遂げると、強く決意した。

義母のヒデコは、8年前に乳がんと宣告された。抗がん剤治療を受け、乳房温存手術をした後、放射線治療を受けた。がんを告知された時、頭が真っ白で何も考えられなかったという。だから、質問もせず、とにかく医師の言うことに「はい」、そう言い続けて帰ってきたそうだ。

彼女にがんを告白された日のことは、今でも忘れられない。家族で温泉に行った帰りの、新幹線の中でだった。もうすぐ降車、という時に、彼女は私たちに「がんなのよ」と伝えた。向かいに座っていた彼女の膝を思わず摑んだこと、彼女が「心配しないで」と笑ったことを、鮮明に覚えている。

彼女は当時63歳だった。子供たち（つまり私の夫と義弟）は、既に巣立っているから、万が一のことがあっても大丈夫だと思ったそうだ。唯一、夫を残すことになるかもと考え、それからは自分のことはなるべく自分でやってもらうようにした、と言っていた。

隣に住んでいるトレーシーは、大家のショーンの連れ合いだ。39歳の時に、右の腋の下を掻いていて、いくつかのしこりに気付いた。当時サンディエゴに住んでいた彼女は、会計士、そしてCFO（最高財務責任者）として働いていた。体は全く健康で、自分に何かあるかなんて、思いもしなかった。だからこそ乳がんの宣告を受けたショックは計り知れなかった。治療と共に、シカゴで統合医療を実践しているアメリカでも有数の医師に相談し、ビタミンやサプリメントを積極的に取り入れた。

フミエは治療中、定期的に連絡をくれた。抗がん剤治療の時は、できるだけ心を無にすることを教えてくれ、白血球の数値を上げる注射を自分で打たないといけないと言った時は、一緒に怖がってくれた。フミエが送ってくれる、彼女の庭に咲いている椿《つばき》の花や水仙の花の写真は、私に、季節が間違いなく巡っていることを教えてくれた。

がんであることを告げると、ジュンは、アメリカから大量の荷物を送ってくれた。ジンジャー味の飴（抗がん剤で気持ちが悪い時、これを食べると口腔内がスッキリした）、手術後にシートベルトをすると痛くなることがあるのでその保護材、体を内側から温める靴下。私にだけではなく、Sと一緒にベッドで遊べるおもちゃや、介護者になる夫のための美味しいコーヒーまで入っていた。

乳がんを告げた私に、義母がかけてくれた最初の言葉は「大丈夫よ!」だった。それは、がん患者になりたての私が、一番欲しい言葉だった。その後も、彼女は私に「大丈夫」と言い続けてくれた。

「助けがいるときは、いつでもそっちに行くからね!」

そして、髪の毛が抜ける私のために、パイル素材の帽子を縫って送ってくれた。

トレーシーとショーンの夫妻は、ハウスクリーニングを無料で提供してくれた。抗がん剤治療が始まる前に、家の中を徹底的に綺麗にしたい、そう夫が伝えると、月1度のハウスクリーニングを雇ってくれたのだった。細菌に徹底的に弱くなった私にとって、家が清潔であることは大切だったし、その集中的な掃除を自分たちでしないでいいことは(それも無料で)、何よりありがたかった。

トレーシーは、自身が得たビタミン剤やサプリメントの知識を教えてくれた。抗がん剤治療中、吐き気を予防するために、漁師用の酔い止めリストバンドの存在を教えてくれたのも彼女だった。

皆、告知されたあの夜を過ごした人たちだ。

彼女たちは、精神的にも、物理的にも、惜しみないサポートをしてくれた。そして、寛解した後の日常をどう過ごすかを知る仲間として、やはり私のロールモデルになってくれた。

フミエとは、一時帰国をした大阪で会った。サンドウィッチを食べ、ケーキを頬張るフミエは、つやつやとして元気で、高校生の頃と全く変わっていないように見えた。彼女は、半年に1度になった定期検診はもう怖くないと教えてくれた。検査の当日は絶食をしないといけないから、お昼は何を食べよう、そう考えると言って笑った。でも、6年前の日々のことを、今でもヴィヴィッドに思い出し、胸が苦しくなるそうだ。

胚培養士を仕事とする彼女は、不妊症の人たちだけではなく、がん患者の妊孕性《にんようせい》温存のための温存治療も行っている。自分ががんサバイバーになってからは、その仕事がより大きな意味を持つようになった。彼女の手に、あらゆる人の未来がかかっている。

治療が終わった私を訪ねて、ジュンはポートランドからやって来た。また、大量のお土産を持って来てくれた。私たちは、家族でビーチに出かけた。ビーチに設置された丸太に座って、夫とジェドが笑っているのを、そして子供たちが遊ぶのを眺めた。

彼女はがんサバイバーになってから、時間は、自分が知らないだけで限りがあるのかもしれない、そう考えるようになった。大好きな人たちと過ごす時間をもっと大切にしようと思った。怖いのはストレスを感じること。だからこそ、些細なことは気にせず、とにかく大らかに生きることを目指している（だから、治療直後は気にしていた食事のことも、段々達観するようになってきた）。

彼女はいわゆる観光地みたいな場所には興味を持たず、我が家の近所の公園で、ずっとのんびりしていることを好んだ。彼女と一緒にいると、私は心の底からリラックスすることが出来たし、彼女と話して、腹筋が痛むほど笑った。

　義母のヒデコは、がんの寛解後、元々行っていたジムに、ほとんど毎日行くようになった。コロナ禍にはマスクをして家のマンションの階段を10階まで上り下りし、ストレッチを欠かさなかった。結果、彼女は開脚前屈で体をぺたりと床につけられるようになり、薬局に設置されている血管年齢測定器で、20代の数値を叩き出すようになった。

　人生観が変わった、というほどの大袈裟なことはないが、数人の大切な友人と家族がいればいい、とにかくスリムに生きたいと思うようになったという（彼女が暮らす家は古いが、いつもほれぼれとするほど清潔で、すっきりと片付いている）。定期的な検査は、もう怖くない。何かあった時はまたその時に考えればいい、心配していたら、キリがないからだ。元々恰好良かった彼女だが、ここ数年は、それに磨きがかかっている。

　がんサバイバーになって、トレーシーの人生観は大きく変わった。人生は一度きりで、一切の保証はない。だからこそ、春に芽吹く木の葉の一枚一枚に奇跡を感じるようになった。友人や家族を以前にも増して大切にしようと決め、子供を持つ決意を固めて、ディランとローガンという素晴らしい双子を授かることが出来た。

　彼女は毎日忙しそうにしている。双子の子供たちと遊び、車で出勤して、バリバリと仕事をし、夫のショーンの管理人業務も手伝っている。私は、近所を散歩する彼女をよく見た（スキー場でも、プールでも偶然会った）。彼女は会うと、いつも立ち止まって、私の体調のことを聞いてくれた。私が、いろんな人に助けられている、特に、あなたのような乳がんサバイバーの意見はありがたかった、そう告げると、彼女は言った。

「キャンサーシスターフッドやな！」

その一員として、私も、誰かのためにありたいと思う。

マリに、アナリサという友人を紹介してもらった。彼女は、5月に両胸の乳がんと宣告され、10月に全摘出手術を受ける。私はすぐに、アナリサとコニーとのグループメールを作った。

初期の、そして進行の遅いがんなので、抗がん剤治療は今のところ不要だと言われているが、確実ではないと言う。彼女は今、一人で暮らしている。どれくらいで仕事に復帰できるのか、そもそも、一人で身の回りのことが出来るのだろうかと、彼女は不安に思っている。手術の日がなかなか決定しないのもストレスだそうだ。

私とコニーは、自分達が知る限りのことを彼女に伝えた。術後、マリがオーガナイザーとなってMeal Trainを始めるそうなので、参加するつもりだ。そして今から、3人でコーヒーを飲みに行く。彼女の気持ちが落ち着くかどうかは分からないし、彼女の恐怖がなくなることはないだろう。でも、そばにいることは出来る。それだけは出来る。

がんを告知されてから、あらゆる人とハグをした。体が折れそうになる程強いハグもあったし、柔らかい毛布で包まれているようなハグもあったし、私の体を壊れ物のように扱ってくれる優しいハグもあった。

カナダに来て、自分が「ハグ好き」であることが判明した。日本にいたときは、体を触れ合うのが嫌な人もいるだろうし、セクハラになったらどうしよう、そんな風に、いつも遠慮してきた。というより、そもそもハグをしようと思い至らなかった。そんな習慣がなかったからだ。

でも、カナダに来て、いろんな人とハグするうち、ああ、私はハグがしたかったのだと思い至った。大好きな人に会ったとき、笑って挨拶をするだけでは、そして、改札前で「また会おう」と手を振るだけでは、どこか足りないような気がしていた。私は、大好きな人を抱きしめ、抱きしめられたかった（だからカナダでも、コロナでハグの機会が減って、とても寂しかった）。

がんになった後、それを言い訳に、たくさんの人にハグをしてもらった。中には、私が日本人であることを、そしてコロナのことを考慮して、

「ハグしても大丈夫？」

そう聞いてくれる人もいた。もちろん、大歓迎だった。誰かを抱きしめることは、そして、誰かに抱きしめられることは、その行為以上の何かになった。お互いの体温を交換し、お互いが「生きている」のだと感じるその時間が、私にどれほどの力を与えてくれたか。

アナリサに会って、彼女にハグをしていいか聞こうと思う。そして、もしＯＫしてくれたなら、力一杯抱きしめようと思う。みんなが私に、そうしてくれたように。

こんな風に体を動かすと
なぜだかわからないけど

自由を感じる（自由を！）
あの頃を思い出す歌が聞こえる
すごく自由だ　解放されてる（自由だ！）
自由に生きるんだ　（好きなように）
手に入れるんだ　（手に入れるべきものを）
だってそれは私の自由だから（自由！）

——ジョン・バティステ「FREEDOM」

無けなしの命がひとつ　だうせなら使ひ果たさうぜ
かなしみが覆ひ被さらうと抱きかゝへて行くまでさ

——椎名林檎と宮本浩次「獣ゆく細道」

6　息をしている

書き始めた時、この文章がこんなに長いものになるとは思わなかった。

がんの宣告をされてから日記をつけ始め、ほとんど同時進行で、この文章を書き続けてきた。日記はその日に起こったことや思ったことを、自筆で剝《む》き出《だ》しに記したもので、だから、読むのも困難な程のひどい字もあるし、読み返すのが辛くなるような記述もあった。「しんどい」とだけ書かれた日も、何日か続いていた。

この文章は、日記を追うようにして書いた。自分の気持ちを、もう少しだけ客観的に見ながら（そう、「もう一人の自分」として）、パソコンに向かって打ち込んだ。眠ったままパソコンは打てないので、体調の良い日を選んだ。つまり、パソコンに向かっているときは、比較的心身が安定していた。

出版の予定はなかったし、誰に向けて書いているのか分からなかった。でも、いつからか、これは「あなた」に向けて書いているのだと気づいた。どこにいるのか分からないあなた、何を喜び、何に一喜一憂し、何を悲しみ、何を恐れているのか分からない、会ったことのないあなたが、確かに私のそばにいた。

あなたは時に幸せで、時に不幸だった。あなたは時に健康で、時に健康を害していた。あなたは時に生きることそのものに苦しんでいて、あなたは時になんてことのない日常に無情の喜びを感じていた。

あなたに、これを読んでほしいと思った。

文章を書くことは、そしてそれを発表することは、大海に小石を投げるようなことだと、尊敬する作家が言っていた。ささいな音だ、小さな波紋だ、でも、自分の持っている全てを投げるのだと。

私の文章が、あなたの心でどんな音を鳴らすのか、あなたの魂にどんな波紋を作るのかは、分からない。それがどれだけささいで、小さくても、私は私の全てを投げたい。そして私の、その全ては、こうして書いている間にも、どんどん手のひらから滑り落ちてゆく。どれだけしっかり握っていてもこぼれ落ちるものがあったし、時に、恣意的に指を開いたこともあった。

医療関係のことだったし、私一人だけのことではないので、配慮の上で「書けない」こともあったし、意図して「書かない」こともあった。書くことを、身体がどうしても拒むほどの醜い瞬間があったし、書くことを、やはり身体がどうしても許してくれない美しい瞬間もあった。

私が特に大切にしたのは、美しい瞬間のことだった。

最近、インターネットで様々な「美しい話」を見かける。飛行機で一緒になった高齢女性に、彼女の夢だったファーストクラスの席を譲った若者の話、ホスピスで余命わずかの女性の下に、サプライズで彼女の愛馬を連れてゆく話、亡くなった父親が遺《のこ》した、胸に迫る手紙の話。SNSの発達のおかげだろう。世界中に散らばっていた美しい瞬間に、ワンクリックで立ち会えるようになった。私はその進化に、心から感謝している。そして同時に、こうも思うのだ。

こんなに美しい話を、気前よく私たちに分け与えてくれなくていいのに。

それはあなたの、あなただけの美しい瞬間ではないのか。

私は、ケチなのかもしれない。この美しい瞬間のことは、きっと書くべきだ、皆に知ってもらうべきだ、そう思う心のどこかで、強く、「教えたくない」と思っていた。本当に、本当に美しい瞬間は、私だけのものにしたい。誰にも教えたくない。こんなにこの文章を読んで欲しいと願った「あなた」にもだ。

私は、私に起こった美しい瞬間を、私だけのものにして、死にたい。いつか棺《ひつぎ》を覗き込んでくれたあなたが、いつか私の訃報をどこかで知るあなたが、そして、私の死に全く関与せずにどこかで生きるあなたが知らない、私だけの美しさを孕んで、私は焼かれるのだ。

だから私の「全て」は、結局、私が決定したものである。

乳房を失った私の体が、今の私の全てであるように、欠けたもののある私の文章は、でも未完成ではない。欠けたもののある全てとして、私の意志のもと、あなたに読まれるのを待っている。そこにいるあなた、今、間違いなく息をしている、生きているあなたに。それは、それだけで、目を見張るようなことだと、私は思う。

「人々が人生と呼びならわす水晶の球体に触れてみると、それは決して冷たく硬いものなどではなく、ごくごく薄い空気で囲われている、とわかります。押せばすべて破れてしまう。結局のところ、私がこの大釜からまるごと無傷で引き上げられる文章は、せいぜいが自分から網に掛かってきたひと繋がりの小魚五、六匹といったところ。残りの何百万匹は、飛び跳ね、シューシュー音を立て、大釜をまるで沸騰する銀のように泡立たせ、私の指のあいだから滑り落ちていく。

――ヴァージニア・ウルフ『波』

残りの人生を、それがどんなに長くても短くても、できる限り甘やかに、愛する人たちを愛し、まだやらなければならない仕事をできる限り片付けて、生きていきたい。耳から、目から、鼻から、あらゆるところから発火するまで、私は私の炎を書くつもりだ。

私の呼吸が、すべて炎に包まれるまで。
私は流星のように消えていくんだ！

――オードリー・ロード「A Burst of Light: Living with Cancer」
from『The Selected Works of Audre Lorde』Audre Lorde

私が変わりたいと思うかどうかは問題ではない。なぜなら、私は間違いなく変わるのだから。

私の新しい声が、書くことによって立ち現れてくる。死を身近に感じること、自分の死を強く意識することで、とても繊細に、鋭く。

私は新たな緊急性の中にいる。

無常は、すぐそこにある。

私は今、すべてを書かなければならない、私にどれだけの時間があるのか、誰に分かるというのだろう？


――チママンダ・ンゴズィ・アディーチェ『Notes on Grief』

おれたちの子供はおれたちの行動から生まれる。おれたちの偶然が子供の運命になるんだ。そうさ、行動はあとに残る。つまりは、ここだってときに何をするかだよ。最後のときに。壁が崩れ落ち、空が暗くなり、大地が鳴動するときに。そういうときの行動がおれたちの人間性を明らかにするんだ。そしてそれは、おまえに視線を注ぐのがアッラーだろうがキリストだろうがブッダだろうが、あるいは誰の視線も注がれていなかろうが、関係ないんだ。寒い日には自分が吐いた息が見える。暑い日には見えない。でもどちらの場合も、息はしてるんだ。

——ゼイディー・スミス『ホワイト・ティース』

終わりに

文中に登場した治療法や薬、出来事に関しては、あくまで私個人の選択であり、経験であることを強調したい。がん治療は人によって違うし、効能や結果も違う。もし、今あなたががんに罹患しているなら、あなたにとってベストの選択をしてほしい。私の体のボスが私であるように、あなたの体のボスはあなただ。あなたが少しでも穏やかに過ごせることを、心から、心から願っている。

改めて、医療関係者の皆さんに感謝したい。あなたたちの名前は全て仮名にしたし、あなたたちがこれを読むことはないだろう。だが、あなたたちの押し付けがましくない献身や、肯定的な態度や、プロフェッショナルとしての矜持が、私の命を救ってくれたことを、（あなたたちの本名と共に）私は絶対に忘れない。本当にありがとう。

友人たちに感謝したい。あなたたちは、医療関係者とは違うやり方で、私の命を確実に救ってくれた。現在45年間の人生において、自分なりに成し遂げたことがいくつかあるが、その中で、あなたたちが私の友人でいてくれることが、最も誇り高い栄光だと、間違いなく断言出来る。本当にありがとう。

両親、そして家族に感謝したい。今まで随分心配をかけたが、（願わくは）今回が最も大きなもの一つになりますように。あなたたちの祈りが、そしてあなたたちの家族の一員であるという事実そのものが、私をどれほど救ったか分からない。本当にありがとう。

夫に感謝したい。海外でがんに罹患した妻と暮らすことは、どれほどの重責だっただろう。ユーモアを忘れないあなたが作ってくれた穏やかな日常の中で、私はいつも私自身でいることが出来た。本当にありがとう。

Sに感謝したい。あなたは私の光だ。あなたといる一瞬一瞬が、奇跡であることを忘れたくない。あなたと、あとどれだけ一緒に過ごせるのだろう。眩しくても、目を逸らさず、あなたの姿を、光を、網膜に焼き付けようと思う。生まれてきてくれて、本当にありがとう。

河出書房新社の坂上陽子さんには、たくさんの本を送ってもらった（私はそれを、ヨーコ・コレクションと呼んでいた）。その本たちに、私は本当に救われた。彼女と共にこの本を出版することが出来ることを（そしてデザインを、いつもお世話になっている鈴木成一デザイン室にお願い出来たことを）、心から幸福に思う。本当にありがとう。

以下は、あらゆる方法で私を救ってくれた芸術の、ほんの一部だ。あなたたちの存在に反射して、私の人生は眩《まばゆ》く光り、時に適切に翳り、息をすることそれ自体に、意味を与えてくれた。本当にありがとう。

・ブリット・ベネット『ひとりの双子』友廣純訳(早川書房)
・カルメン・マリア・マチャド『彼女の体とその他の断片』小澤英実・小澤身和子・岸本佐知子・松田青子訳(エトセトラブックス)
・カネコアヤノ「燦々」(作詞・作曲 カネコアヤノ)
・イーユン・リー『理由のない場所』篠森ゆりこ訳(河出書房新社)
・ジョージ・ソーンダーズ『十二月の十日』岸本佐知子訳(河出書房新社)
・ソナーリ・デラニヤガラ『波』佐藤澄子訳(新潮社)
・シーグリッド・ヌーネス『友だち』村松潔訳(新潮社)
・レベッカ・ソルニット『私のいない部屋』東辻賢治郎訳(左右社)
・マギー・オファーレル『ハムネット』小竹由美子訳(新潮社)
・ジェニー・ザン『サワー・ハート』小澤身和子訳(河出書房新社)
・田我流&B.I.G.JOE「マイペース」(作詞 B.I.G.JOE&田我流、作曲 DJ SCRATCH NICE)
・トニ・モリスン『スーラ』大社淑子訳(早川epi文庫)
・アリ・スミス『冬』木原善彦訳(新潮社)
・安水稔和「存在のための歌」(『安水稔和詩集成 上』収録・沖積舎)
・オーシャン・ヴオン『地上で僕らはつかの間きらめく』木原善彦訳(新潮社)
・ハン・ガン『回復する人間』斎藤真理子訳(白水社)
・リンディ・ウェスト『わたしの体に呪いをかけるな』金井真弓訳(双葉社)

・オードリー・ロード“A Burst of Light: Living with Cancer”『The Selected Works of Audre Lorde』（未邦訳）
・エリフ・シャファク『The Island of Missing Trees』（未邦訳）
・ア・トライブ・コールド・クエスト「Bonita Applebum」
・リュドミラ・ウリツカヤ『緑の天幕』前田和泉訳（新潮社）
・アーザル・ナフィーシー『テヘランでロリータを読む』市川恵里訳（河出文庫）
・Zoomgals「生きてるだけで状態異常（feat. valknee、田島ハルコ、なみちえ、ASOBOiSM、Marukido、あっこゴリラ ＆ CARREC）」
・林芙美子「下町」（『ちくま日本文学０２０　林芙美子』収録・筑摩書房）
・スレイカ・ジャワード「死にそうになった経験が私に教えてくれたこと」（TED Talk）
・ジョン・バティステ「FREEDOM」（作詞・作曲 Jonathan Batiste、Autumn Rowe、Tierce Person、Andrae Alexander）
・椎名林檎と宮本浩次「獣ゆく細道」（作詞・作曲　椎名林檎）
・ヴァージニア・ウルフ『波』森山恵訳（早川書房）
・チママンダ・ンゴズィ・アディーチェ『Notes on Grief』（未邦訳）
・ゼイディー・スミス『ホワイト・ティース』小竹由美子訳（中公文庫）

（編集部注：２０２３年3月現在の情報を基にしています）

本書は書き下ろしです。
JASRAC 出 2300891-301
NexTone PB000053478号

西加奈子（にし・かなこ）

一九七七年、イラン・テヘラン生まれ。エジプト・カイロ、大阪で育つ。二〇〇四年に『あおい』でデビュー。〇七年『通天閣』で織田作之助賞を受賞。一三年『ふくわらい』で河合隼雄物語賞受賞。一五年『サラバ！』で直木賞を受賞。ほか著書に『さくら』『円卓』『漁港の肉子ちゃん』『ふる』『i』『おまじない』『夜が明ける』など。

くもをさがす

二〇二三年四月三〇日　初版発行
二〇二三年五月一八日　14刷発行

著者　西加奈子
発行者　小野寺優
発行所　株式会社河出書房新社
〒一五一-〇〇五一　東京都渋谷区千駄ヶ谷二-三二-二
電話〇三-三四〇四-一二〇一［営業］
〇三-三四〇四-八六一一［編集］
https://www.kawade.co.jp/
組版　KAWADE DTP WORKS
印刷・製本　図書印刷株式会社
Printed in Japan　ISBN978-4-309-03101-9

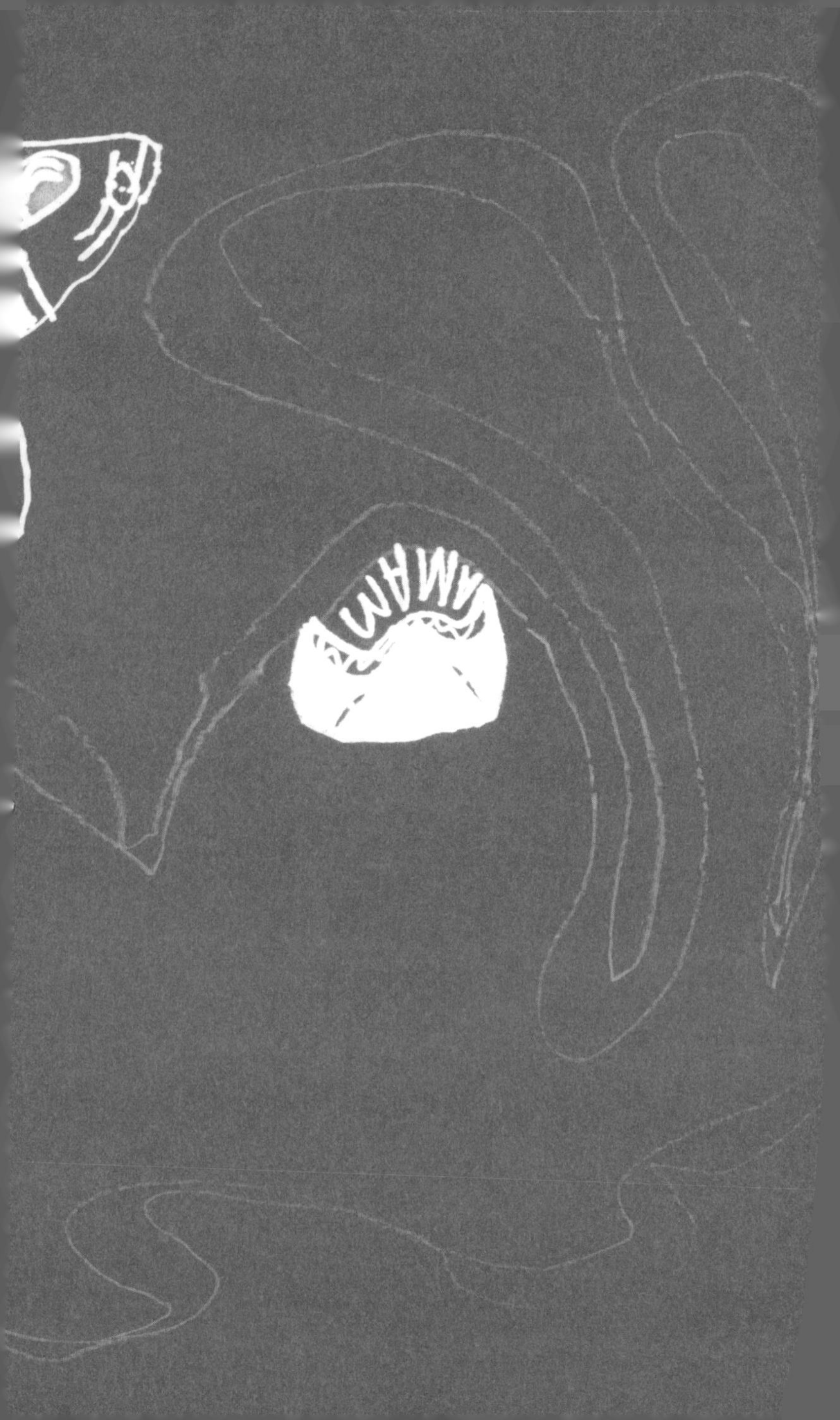